Musicien, dramaturge, romancier, poète, chroniqueur de presse, adjoint à la culture de sa commune pendant vingt-cinq ans, où il a créé un Salon du livre, **Bernard Duporge** *est résolument tourné vers les arts. Dès son premier roman,* Les Pins de la discorde, *paru en 2001, il insuffle à son écriture sa passion pour l'histoire, de la grande à la petite, celle qui fait le quotidien des gens. L'auteur a reçu le prix ARDUA en 2007 pour* Le Mal des marais. Le Tambour de Lacanau *a reçu, à l'unanimité, le Prix Saint-Estèphe en 2011.*

LES PINS DE LA DISCORDE

Du même auteur

Aux éditions De Borée

L'Année des treize lunes
L'Ombre du lilas
La Cabane du berger
La Fiancée des sables
La Sans Pareille
Le Tambour de Lacanau
Les Amants de la lagune
Maria de la lande

Autres éditeurs

Des remous dans l'air bleu
Histoires peu ordinaires à Lacanau
Humeurs de Duvallon
La Maison du passé
La Saison des épinards
Le Mal des marais, prix Ardua 2007
Les Culottes courtes
Les Racontars du Courtioù
Les Silences de la sorcière

TERRE DE POCHE
45, rue du Clos-Four – 63056 Clermont-Ferrand cedex 2

BERNARD DUPORGE

LES PINS DE LA DISCORDE

deBorée
TERRE DE POCHE

Chapitre 1

La petite route blanche menait de maison en maison. À force de passer, les charrettes avaient écrasé la grave et les cailloux, et l'herbe poussant au milieu traçait un sillon de verdure. L'hiver, les fossés en pente douce qui la bordaient recueillaient l'eau de ruissellement, et par endroits, lorsque quelques bouts de branche ralentissaient l'écoulement, la cascade faisait chanter l'eau.

Comme un nuage fin, une légère poussière, provoquée par la chaleur, s'élevait doucement de la chaussée, dans le soleil de mai, qui commençait à chauffer, se préparant à l'été proche. Dans cette fin de printemps, la température progressait un peu plus chaque jour. Elle incita Pierrot à marquer un arrêt sous le pin franc. Il ôta son képi de facteur, s'épongea le front avec son large mouchoir à carreaux. Depuis que madame Dumas avait pris le courrier, comme chaque matin à l'arrivée du train de Bordeaux, pour le porter à la poste à l'aide de sa petite charrette à bras, Pierrot l'avait trié, distribué dans une partie du bourg. Maintenant, il commençait la tournée d'un petit village situé au nord-est de la commune, les autres facteurs se partageant d'autres parties du bourg, et d'autres petits hameaux.

Son premier client était Ulysse, paysan à l'air aussi bourru que ses moustaches, mais avec un cœur aussi gros que ce pin franc qui avait poussé devant chez lui depuis sans doute plusieurs centaines d'années et qui dispensait son ombre avec générosité.

– Ulysse, le journal.

De son pas lent, Ulysse arriva. Il était treize heures.

– Tu as mangé Pierrot ?

– Non, pas encore.

– Viens prendre une assiette de soupe.

– Hé, c'est pas de refus.

Finette donna de la voix pour marquer son utilité, mais se calma vite et rentra dans sa niche, à l'ombre douce du figuier. À son âge, elle ne faisait plus beaucoup d'efforts et gardait ses dernières forces pour chasser le lièvre au prochain automne.

Après s'être restauré, Pierrot reprit la route.

Le village était petit. C'était un hameau à six kilomètres du centre. Quelques fermes s'y espaçaient paresseusement. Elles étaient entourées de prés où paissaient les vaches et où pacageaient les moutons. Toutes possédaient cochons, volailles, jardin et treille, celle-ci leur donnant un petit vin aigrelet, souvent coupé d'eau, à boire à tous les jours. Un peu loin des fermes, derrière les prés, majestueux, les pins se dressaient. Depuis que l'assainissement avait été pratiqué, ils s'étaient multipliés, et les propriétés avaient changé d'allure. Les rapports du gemmage restaient encore corrects, mais des craintes se dessinaient : la gemme coûtait moins cher à l'étranger. Déjà, des syndicats de gemmeurs manifestaient leur désaccord, mais tous avaient compris qu'un jour les pins ne seraient plus saignés et que la forêt deviendrait une forêt jardin, et on laisserait pousser les arbres jusqu'à l'âge de les couper. L'odeur de térébenthine qui parfumait les bois disparaîtrait. Il semblait que le mot résinier, synonyme de gemmeur, pourrait bientôt s'orthographier « résigné » !

Pierrot connaissait le gemmage qui était son premier métier. À quatorze ans, il avait tenu sa première « escouarte », ce seau en bois ou en métal d'une cinquantaine de litres, dans lequel il vidait les pots remplis de liquide gluant qui coulait sur les cares. Son apprentissage s'était passé en deux temps : pendant les vacances, il avait regardé son père travailler. Attentivement.

– Un métier ne s'apprend pas, lui avait dit son père, il se transmet, et pour cela il faut bien regarder celui qui sait faire.

Plus tard, il avait mis en pratique les gestes observés. Lorsqu'il taillait les « galips » très fins avec le « hapchot », on entendait le sifflement régulier de l'outil qui entaillait le bois. Pas de hâte. De la précision. Du doigté. Il était inutile de blesser l'arbre, c'était le compagnon, pas la victime. Mais ce métier était dur, et les salaires, en fonction du volume récolté, étaient irréguliers et beaucoup de jeunes quittaient le pays. Les nouvelles industries d'après guerre, les usines dans les villes avaient besoin de bras, et on pouvait faire carrière, tandis qu'en forêt...

La ville n'intéressait pas Pierrot, mais il avait envie de changer. Il avait donc pris sa décision. Au retour du service militaire, un soir après le travail, il avait dit à son père :

– Papa, je vais abandonner le métier.

Paul, tout d'abord, n'avait pas répondu et avait continué de manger sa soupe sans broncher.

– Papa, tu as entendu ? Je vais arrêter le métier.

Les yeux de Paul interrogèrent Pierrot.

– Je veux gagner plus.

– Tu manques de quelque chose ici ? avait demandé Paul avec amertume.

Pierrot avait répondu qu'il voulait se faire une vraie situation.

Paul ne comprit jamais cela. Lui qui était parti à quinze ans, à pied dans les dunes de Longarisse, vers la cabane du bord de l'étang, avec des provisions pour la semaine, du lard et du pain. Pour l'eau, le puits creusé devant la cabane donnait pleine satisfaction et l'été on y faisait rafraîchir les bouteilles attachées sur le bord de la margelle avec une petite corde. Avec ses parents, la journée de travail était toujours la même : aller de pin en pin en suivant les menées, ces petits sentiers tracés dans les fougères et l'« aoùbés ». Parfois, il plaçait des collets, et c'était bien rare qu'un lapin ne vienne pas améliorer l'ordinaire. Dans l'étang, les filets se remplissaient de poissons dont on faisait une soupe délicieuse. Et ces anguilles pêchées à la fouëne du côté de Batejin et cuites sur le gril ? Quel régal !

Ne plus faire ça ! Impossible !

Gemmeur n'était plus une situation ?

Comment ce balourd, ce drolle, avec cet air dégingandé, ce visage juvénile, ces cheveux en broussaille, comment ce drolle pouvait-il réagir ainsi et décider comme ça, tout de go, ce qui était bon pour lui sous prétexte qu'il avait fait son service militaire et se prenait pour un homme ? Paul voyait bien que les jeunes s'éloignaient de ce pays. Les autres oui, mais pourquoi son fils ?

Ce soir-là, quelque chose se brisa chez Paul et il ne regarda jamais plus son fils de la même façon.

Après cette conversation, Pierrot était allé voir monsieur Bellot, le receveur des postes, et avait obtenu un emploi de facteur auxiliaire. Son travail commençait le matin à huit heures et se terminait vers deux heures de l'après-midi.

– Hé bé Pierrot, tu t'arrêtes pas aujourd'hui ? lui demanda Félicien qui taillait sa haie.

– Tu n'as rien Félicien. Dis-moi, Marie-Jeanne va mieux ?

– Ça va mieux, ça va mieux.

Ce village était devenu sa famille. La dizaine de maisons regroupait une trentaine de personnes, et il connaissait la plupart des petits secrets de famille. Son passage quotidien en avait presque fait un membre de chaque maisonnée, il était devenu le confident de presque tous, et il participait ainsi à leurs joies et à leurs peines. C'est vrai que sa jovialité et sa disposition à faire la fête en faisaient un ami apprécié.

En déposant le journal et une lettre des Trois Suisses chez Ariste Dupuch, celui-ci l'invita :

– Un verre de vin frais ?

– Eh, ma foi...

– Fait chaud aujourd'hui, si ça continue, dans quinze jours, on va « battre » la moisson.

Les paysans du coin cultivaient l'orge, l'avoine, le blé. Bien que Raoul, le boulanger du bourg, passe trois fois par semaine, deux ou trois d'entre eux faisaient encore leur pain dans le four accolé à la maison, mais de plus en plus le fournil servait de débarras. Seul restait en mémoire l'odeur du pain qui cuisait dans le four chauffé au bois. Un délice ! Maintenant, le grain récolté ne servait plus qu'à nourrir les bêtes. Mélangée au maïs, l'avoine ferait pondre les poules avec un peu plus d'acharnement. Quelque ami arrivant à l'improviste trouverait toujours une bonne omelette pour calmer sa faim. Une fois le seigle battu, la paille restante servirait de litière pour les vaches. On en garnirait aussi leurs mangeoires pour les longues soirées d'hiver.

– Jules va bientôt commencer sa tournée ? demanda Pierrot.

Jules Sourbet était propriétaire d'une batteuse à vapeur. Depuis longtemps, à la saison des battages, il se louait dans les villages, de ferme en ferme.

Il y avait longtemps que l'on ne battait plus au fléau. En faisant le porte-à porte, Jules et sa machine avaient apporté le progrès. Les voisins s'entraidaient, à titre de réciprocité.

La journée derrière la machine était dure, mais le soir le bon repas qui couronnait le tout était un véritable rituel, et les estomacs repartaient bien pleins, sous les rires gras et la marche titubante.

– Cette année, il commence chez moi, dit Ariste ; tu viendras me donner la main ?

– Hé, bien sûr. Mais pas avant une heure, vers la fin de la tournée.

– Il y aura du travail le tantôt aussi, t'inquiètes, la saison a été bonne. Je te dirai quand.

– D'accord.

Pierrot, en sifflant, repartit sur son vélo. En arrivant chez les Meyre, il vit Francine au coin de la maison.

– Hé, Francine, tu m'attendais ?

– C'est mon père qui m'a dit d'aller voir si le facteur arrivait, alors j'obéis.

– C'est bien, il faut toujours obéir à ses parents.

Il lui tendit le journal.

– C'est tout ?

– Non, j'ai une lettre, mais je te la donnerai demain. Comme ça, je te verrai aussi demain, dit-il en plaisantant.

Il lui donna quand même la lettre, elle partit en riant. Arrivée devant la maison, elle se retourna et regarda Pierrot qui s'éloignait, toujours en sifflant. Elle avait du soleil dans les yeux.

* *
*

À quatorze ans, après le certificat d'études, Francine avait suivi les cours d'enseignement de l'école ménagère.

Le maire avait prêté un local où il y avait cuisinières et machines à coudre. Mademoiselle Amélia, la monitrice, y dispensait ses cours. Il s'agissait de former de vraies femmes, bonnes ménagères, aptes à tenir une maison, c'était la règle. Rosie, sa mère, femme autoritaire avait décrété que Francine irait.

– Ça t'apprendra tout ce que tu as besoin de savoir pour tenir une maison.

Francine aurait préféré éviter cela, d'autant que, chez elle, Rosie ne la laissait pas sans rien faire, mais elle ne lui avait pas laissé le choix.

– Tu iras. C'est tout. De toute façon, un jour par semaine, ce n'est pas la mer à boire.

C'est vrai, Rosie avait raison, ce n'était pas la mer à boire. Mais Francine avait l'impression de revenir à l'école, et puis ça lui faisait un jour de moins à travailler dans les pins à ramasser la résine. Elle ne détestait pas, mais c'était pénible, et le soir, fatiguée de la journée, elle s'endormait rapidement.

Tout compte fait, elle aima les cours. De plus, elle y retrouva ses copines de classe : Suzy, la rouquine avec ses nattes, Eliette, qui voulait toujours tout régenter, ressemblant en tout point à sa grand-mère. Dans les jeux, quand elle voulait décider, le chœur des filles chantait en se moquant :

– Eliette la maîtresse, faisons gaffe à nos tresses.

Elles s'échappaient en riant, tandis qu'Eliette devenait rouge de colère.

Il y avait aussi Françoise l'espiègle. Elle avait deux ans de plus que Francine, mais elles s'adoraient. Françoise avait l'œil si vif que les garçons lui tournaient autour depuis belle lurette. En sortant de l'école, elle avait supprimé le tablier d'écolière, fait raccourcir ses cheveux, et, dès qu'un garçon passait, elle marchait poitrine en avant, avec une agressivité racoleuse.

Francine était tout son contraire. L'éducation qu'elle avait reçue de ses parents était stricte. D'ailleurs, elle avait été première à l'examen du catéchisme pour la communion solennelle. L'abbé Durieux, curé du village, venait souvent chez ses parents. Il ne manquait pas de prodiguer des conseils à Francine, ce qui flattait énormément Rosie ; sa fille serait classée parmi les filles sérieuses de la commune. Monsieur le curé n'avait pas à s'en plaindre, il rapportait chez lui œufs, pommes de terre et légumes en quantité suffisante pour nourrir sa vieille gouvernante et lui-même, sans oublier, à la saison, la ventrèche fraîche et le boudin de la tue-porc. Aussi, le tablier de Francine avait disparu beaucoup plus tard que pour Françoise, et ses cheveux étaient restés longs malgré les conseils de la coiffeuse, qui avait bien vu que le « court » l'embellirait.

À son premier bal, vers dix-huit ans, Françoise, Eliette et Suzy virevoltaient autour d'elle pour l'entraîner. Les autres savaient danser, elle pas beaucoup. Pour ce bal de la fête du village, sa mère avait autorisé les valses, les pasos dobles, le cha-cha-cha, mais interdit formellement le tango. Quant au slow, inutile d'y penser. D'ailleurs, du haut de sa place sur les gradins disposés à côté de la piste de danse, Rosie pistait tout, et dès qu'un garçon venait chercher Francine elle se tournait vers sa mère qui opinait du bonnet ou fusillait du regard.

Albert, le père de Francine, un gaillard immense et costaud, avait tout de l'ours et n'était bien que dans ses pins. Sa femme régentait, décidait, portait culotte, tant mieux, il n'avait pas à le faire. Successivement, ses grands-parents et ses parents lui avaient laissé en héritage une centaine d'hectares qu'ils avaient ensemencés de pins ; ils étaient morts trop tôt pour en profiter. Sa femme avait apporté, dans la corbeille de mariée, quarante hectares qui avaient conforté les choses, d'autant que ces hectares-là étaient accolés à ceux d'Albert. Tout était pour le mieux dans le meilleur des mondes, ils étaient riches. Quand Francine se marierait, elle aurait des sous. Si en plus on pouvait encore agrandir la propriété avec un gendre ayant pins, ce serait le luxe total.

En attendant, il fallait « piquer » et « ramasser » encore quelques années. Du moins tant que la résine coulerait.

Le soleil continua de chauffer, et comme l'avait prédit Ariste Dupuch les batteries commencèrent. Ce fut d'abord chez lui. Les voisins viendraient l'aider, et ensuite il irait chez eux pour remettre le service.

Le jour venu, Ariste avait préparé le travail. Toutes les gerbes coupées les jours précédents étaient à portée de main quand les premiers voisins arrivèrent.

Voyant cela, Ulysse fut surpris :

– Dis donc, tu as fait ça cette nuit ?

– Tu crois pas que j'allais t'attendre.

– C'est bien. Sourbet n'est pas là ?

– C'est cinq heures, il va pas tarder.

Une demi-heure plus tard, Jules arrivait.

– Adieu Jules, comment ça va depuis l'an dernier ?

– Ça va, ça va.

Jules n'était bavard qu'après le travail, quand tout s'était bien passé et que le vin lui déliait la langue. Pour l'heure, il fallait s'installer. Avec un soin méticuleux, il graissa la machine, vérifia la tension des courroies.

« C'est important les courroies, disait-il, et dangereux. Il faut les tendre ce qu'il faut, juste ce qu'il faut. » Puis il fit le tour de sa machine plusieurs fois, en la scrutant de toutes parts avec un air connaisseur et entendu, sous le regard des voisins.

– Alors, c'est bon ? demanda Ariste.

– C'est bon, répondit Jules.

– On peut y aller ?

– On peut y aller, répondit Jules.

Le « vroum-vroum » de la machine et le claquement des courroies fendirent le silence du petit matin, accompagnés des ordres donnés.

Vers sept heures, les gerbes déliées, passées dans la batteuse, distribuaient leurs grains à flot continu et remplissaient jusqu'à le gueule les sacs en toile de jute.

Derrière la machine, les jeunes ramassaient la courte-paille, paille hachée, qui tombait. La poussière dense qui les enveloppait leur donnait soif.

– Mariette, donne à boire.

– Encore ! s'étonna-t-elle.

– Hé, la poussière sèche les gosiers.

Ouvrez moins la bouche. De toute façon, vous ne l'ouvrez que pour dire des bêtises.

– Non mais tu l'entends cette pécore ? Approche-toi que je te roule dans la paille.

– Elle est trop courte, elle pique, dit Mariette en riant.

– Mariette est douillette, Mariette est douillette, chanta le chœur des jeunes.

– Ah, qu'est-ce que t'en sais toi si je suis douillette, t'as jamais roulé avec moi dans la paille, et t'as jamais dû rouler avec une fille.

– Elle se fout de moi, dit le garçon vexé, elle me prend pour un puceau.

Mais Mariette n'entendit pas la colère du garçon, elle allait porter à boire à d'autres gosiers secs.

De l'autre côté, dans le groupe des plus vieux, il fallait crier ses phrases à cause du bruit, mais la conversation paraissait plus sérieuse.

– Alors Ariste, t'as fini par rencontrer le maire ?

– Penses-tu, mon pauvre Ulysse, ce maire, il est invisible.

– Je vous l'avais dit, ricana Fernand Cabucheau, candidat malheureux aux dernières élections, il n'écoute que lui. C'est un dictateur.

– Dictateur peut-être, rétorqua Albert, mais capable, et du pays. Tandis que toi, mon pauvre Fernand... !

– Tu veux mon poing sur la gueule pour t'apprendre que chez moi on n'est pas plus con qu'ailleurs ?

– Eh bé dis donc, t'aurais réglé les problèmes à coups de poing si t'avais été élu ?

Il fallut toute la diplomatie d'Ariste et la venue d'une tournée de vin frais pour calmer les esprits.

Au cours d'une pause, la conversation continua autour des verres : ces fossés que l'on ne curait pas, si les vieux les avaient créés, c'est qu'ils savaient pourquoi. Et cette route qu'on n'entretenait pas assez et pourtant on payait les mêmes impôts qu'au bourg où le maire faisait tous les travaux et rien dans les villages. Comme ce lavoir qu'il avait fait refaire. Est-ce qu'au hameau on avait un lavoir ? Non ! Un puits où l'on puisait de l'eau. C'est tout. Comme disait Ariste, ce lavoir, c'est juste pour que les femmes du bourg caquettent sans pondre. À la campagne, on ne chantait jamais pour rien. Ou alors, pas souvent.

Le travail reprit jusque vers midi solaire, parce qu'ici, l'heure de la ville, on n'en voulait pas. Le soleil commandait le monde, il fallait le respecter.

– Et encore, dit Ulysse, pendant la guerre, c'était deux heures de différence. Allez expliquer ça aux vaches !

Il n'y avait rien à ajouter. Mais c'est vrai que les vaches s'en moquaient sûrement de l'heure de la ville.

Ils allaient se mettre à table quand Pierrot arriva.

– Tiens, voilà le facteur !

– Qui n'a pas encore fini sa tournée, mais qui n'en a pas pour longtemps.

Il posa son vélo contre l'écurie, garda son képi et sa sacoche.

– Je savais que vous étiez tous ici, alors je vous ai porté le courrier, ça m'a économisé du trajet. Allez, par qui on commence, voyons..., Fernand Cabucheau, une lettre de Bordeaux. Ariste, la commande des Trois Suisses. Ulysse, le journal et *Le Chasseur français.* Albert, une carte postale de..., de..., oh que c'est mal écrit, ... de Toulouse.

– Lis-la moi, tant que t'y es.

– Si tu veux.

Pierrot regarda la carte, et commença :

– Mon cher Albert...,

L'autre le coupa.

– Quand tu auras fini de te foutre de la gueule du monde, tu le diras.

– Tu demandes, j'obéis. L'administration est au service de la population, ajouta-t-il d'un ton solennel.

L'éclat de rire fut général.

– Et moi, je n'ai rien ?

C'était Robert Loubaney, dit Bébert. La trentaine, célibataire. Quand il marchait, ramassé sur lui-même, le nez penché en avant, les bras ballants, il avait l'allure d'un balancier de pendule en mouvement.

– Ce serait pratique s'il donnait l'heure, disait Pierrot, mais il ne la connaît pas, il ne porte jamais de montre.

Bébert ne se lavait pas souvent, et il avait été baptisé bain-douche, surnom qu'il avait, rusé malgré son air simplet, transformé en Ben-doutch en affirmant dans un accent inimitable :

– Ce sont les copains du service militaire qui m'ont baptisé comme ça.

Il faut dire qu'il avait fait son service au Maroc, et que ça l'avait marqué.

– Non, dit Pierrot, tu n'as rien. T'attends peut-être un colis de savonnettes ?

Ben-doutch haussa les épaules, se tourna et partit sous les rires, dans son éternelle démarche de balancier.

Marie, la maîtresse de maison, rameuta ses troupes.

– Allez, à table, c'est l'heure.

Tout le monde passa se rafraîchir sous l'eau de la pompe. On s'installa autour de la table, dressée pour la circonstance dans le grand couloir de la maison, il y faisait plus frais.

Après la soupe grasse, le saucisson et les tomates, la poule bouillie et le poulet rôti, le fromage et le millas, le tout arrosé par le vin du cousin de Magudas, il fallut repartir battre. Ce ne fut pas chose aisée, et le soleil de juin n'arrangeait pas la situation. Après la fatigue du début d'après-midi, au fil des heures, le ton rigolard et franchouillard montait. Le rythme du travail avait ralenti, et les verres se remplissaient plus souvent.

Le repas du soir fut gai. Ulysse raconta une histoire de chasse, mais il fut battu par celle du Tartarin du coin, Antoine Désieux. Celui-ci prétendait avoir remplacé les plombs qui lui manquaient pour fabriquer ses cartouches par des guingassons, petites pointes acérées servant à clouer les brides de cuir sur les sabots de bois et du coup, un jour, avait cloué une bécasse à un pin ! L'hilarité était à son comble. Petit à petit, la fatigue aidant, les conversations diminuèrent. Les plus loin partirent les premiers, tandis que quatre ou cinq vidaient les dernières bouteilles de vin.

– Allez, dit Ariste, c'est l'heure d'aller se coucher.

À propos de coucher, Pierrot, qui était comme les autres et peut-être un peu plus que les autres, s'inquiétait. Il avait cinq kilomètres à faire à bicyclette, et ça lui paraissait délicat dans l'état où il était. Francine vit qu'il avait un peu trop bu, et, sans trop savoir pourquoi, elle fut contrariée.

Ariste, dans sa gentillesse, proposa aux fatigués de coucher dans le foin. C'est ainsi que Pierrot, Bébert et Fernand se retrouvèrent dans la « chambre des chiens », qui n'avaient jamais vu autant de monde dormir avec eux.

Le lendemain matin, monsieur Bellot, le directeur de la poste, vit arriver vers huit heures un facteur somnolant, avec des brins de paille qui dépassaient du képi.

Chapitre 2

L'ANNÉE SCOLAIRE SE TERMINAIT, c'était les dernières leçons à l'école ménagère. Mademoiselle Amélia, la directrice, avait organisé pour l'occasion une sortie pique-nique sur les rives de l'étang.

De la décontraction dans cette dernière journée ne pouvait faire de mal à personne, l'approche des congés d'été rendant toutes les élèves énervées. Pour un oui ou pour un non, les éclats de rire partaient dans tous les sens, et il était difficile à mademoiselle Amélia d'avoir l'autorité habituelle. Les élèves allaient se séparer pendant deux mois, et certaines ne reviendraient pas suivre les cours, le cycle de trois ans étant terminé. La plupart allaient aborder leur vie de femme, et dans les rires se cachait parfois l'anxiété de ce nouveau passage de la vie.

Dès huit heures, on avait mis les rôtis au four, on les mangerait froids vers midi et demi. Les œufs durcissaient dans l'eau bouillante, tandis que, cuisants dans le four d'une seconde cuisinière, les gâteaux embaumaient déjà la pièce.

Ce dernier jour ressemblait à des vacances, alors que ça ne l'était pas encore. Françoise était excitée comme un pou. Eliette commençait, comme à son habitude, à vouloir tout régenter, tandis qu'une quinzaine d'élèves s'agitait autour de mademoiselle Amélia, qui conseillait, autorisait, interdisait, mais n'était pas toujours écoutée. Cette dame célibataire, et que l'on appelait mademoiselle avec respect, possédait une autorité naturelle que lui donnait sa prestance. Mince, maigre disaient les moins respectueux, coiffé d'un chignon bien serré, elle avait un regard autoritaire. Avec cette allure, disait Martial, pas étonnant qu'elle n'ait pas trouvé chaussure à son pied, elle a tout d'un arbre sec.

Vers onze heures, tout ce beau monde, après avoir mis les victuailles dans des paniers attachés sur les porte-bagages, enfourcha les bicyclettes. Le garde champêtre avait prêté celle de sa femme à Amélia qui se déplaçait d'habitude à pied, car elle trouvait que la position requise sur un vélo lui donnait mauvaise allure. Mais aujourd'hui, pour la circonstance, elle avait décidé de changer ses habitudes. Le peloton se dirigea vers le lieu de pique-nique, on déjeunerait sur la plage de sable jaune.

En passant devant le chemin du vieux port, Françoise fit mine de l'emprunter. Mademoiselle Amélia fit rentrer la troupe dans l'ordre.

– Françoise, dit-elle sur un ton ferme, vous n'avez pas honte ?

Le chemin du vieux port était un sentier qui menait vers un coin tranquille de l'étang, un ancien port, au milieu des fougères et des pins, à l'eau recouverte de nénuphars. L'été, on y entendait chanter les cigales dans le petit bois voisin, et, à l'approche de la nuit ou de la pluie, les grenouilles y faisaient chorus. Avant d'arriver à ce port, sur une petite dune, une ancienne cabane de résinier abritait, parfois, les amours fugitives des jeunes. La réputation du coin était faite : pour les bien-pensants, c'était le chemin de la turpitude et la cabane de tous les dangers !

La promenade dominicale des bonnes gens passait par la jetée du nouveau port, très rarement au vieux port. Les pêcheurs étaient ravis. Le bruit des conversations et autres cris, de ce fait, étaient inexistants et les poissons mordaient mieux dans le silence que dans le bruit. Ils jetaient leurs lignes à cet endroit ou dans la conche voisine, pêchaient des poissons-chats, qui, une fois les filets levés et frits dans l'huile, étaient délicieux, mais surtout des calicobats, ce poisson aux multiples couleurs, que les « estrangers » appelaient avec un air savant : la perche américaine.

Francine ne fut pas surprise de l'attitude de Françoise, elle ne l'imaginait pas en petite fille modèle.

– Ce sera une fille perdue, affirmait Rosie, d'ailleurs, ajoutait-elle, elle ne va même pas à vêpres.

C'est vrai que Françoise n'avait pas un goût prononcé pour cette cérémonie, pas plus que pour la messe à laquelle elle assistait, un peu par obligation. Les sermons de l'abbé Durieux, curé de la paroisse, lui semblaient atroces. Ils interdisaient tout. Transformaient tout en péché horrible, et à ses paroles on voyait danser les flammes de l'enfer. L'amour ? Interdit. Sauf pour la bonne cause, le mariage. Toutes les bonnes choses, interdites. Comme si ce Dieu, créateur de tout, s'était amusé à nous tenter pour mieux nous punir. Françoise pensait qu'un être qui était capable de créer des choses aussi sublimes que l'amour ne pouvait pas être un garde-chiourme. Elle avait donc conclu que la rigueur qu'imposait l'église aux curés les rendait sévères et jaloux et qu'ils voulaient que tout le monde vivent comme eux. Pourtant, d'après son père, il y avait des curés qui... Enfin, Jeanne voulait que sa fille aille à la messe : elle y allait.

– Ma mère est contente, alors..., disait Françoise en haussant les épaules et en prenant un air résigné.

Le dimanche après-midi, pourtant, elle préférait regarder les mollets des joueurs de l'équipe de football. Et comme les vêpres commençaient souvent avant que l'arbitre n'ait sifflé la fin du match, et qu'arriver en retard faisait se retourner les femmes avec un air réprobateur, Françoise avait tranché : elle irait aux vêpres les jours de fêtes..., s'il n'y avait pas football. Ce serait suffisant.

Francine aimait bien Françoise. Elle ne la jugeait pas aussi mal que cela. Il lui semblait qu'elle aurait aimé elle aussi avoir un peu plus de liberté. Voir Françoise tourner autour des garçons donnait des idées, et elle l'enviait un peu, elle n'était plus la petite fille que sa mère croyait. D'ailleurs, depuis quelque temps, un garçon lui donnait ce regard brillant qu'elle avait vu parfois dans le regard de Françoise, et elle sentait monter en elle une émotion curieuse chaque fois qu'elle l'apercevait. Il lui semblait que sa poitrine se gonflait, que son cœur battait un peu plus vite. Sans comprendre vraiment ces choses, Francine les aimait. Il faudrait qu'elle en parle discrètement à Françoise.

Arrivées au bord de l'étang, les bicyclettes posées contre la jetée, ce fut la course sur la plage jusqu'aux pins penchés. Il y en avait deux ou trois que les assauts du vent d'ouest avaient torturés. Ils avaient poussé en suivant les courbes qu'avaient imposées les rafales venant de la mer et ressemblaient à une main aux doigts tortueux. Comparés aux autres qui, un peu plus loin, étaient droits comme un I, ils avaient un air de fantaisie et donnaient à ce coin une allure exotique, comme on voyait sur des cartes postales.

À cet endroit, la plage était belle. Une bande de sable large et moelleuse bordait l'eau, dans laquelle s'enfonçaient doucement les pieds.

Le « floc » du clapotis de l'eau, créé par une brise légère, ajouté au soleil, en faisait un lieu de rêve, et de cet instant un moment totalement heureux.

Mademoiselle Amélia, malgré ce jour de travail-vacances, eut du mal à rétablir la discipline, et les ordres durent être répétés plusieurs fois. Eliette, organisatrice-née, voulut aider en courant après les filles pour les ramener à une juste mesure, mais elle se heurta aux cris et aux mouvements de cette troupe en folie, qui ressemblait plus à une volière qu'à un cours d'enseignement ménager. Enfin, tout rentra dans l'ordre, et le déjeuner en plein air commença.

De petits groupes se formèrent au soleil ou à l'ombre des arbres.

Françoise, assise, appuyée contre un pin, cheveux en arrière, yeux fermés, offrait son visage au soleil. Francine la rejoignit. S'assit à côté.

– On est bien ici. À quoi tu penses les yeux fermés ? Tu souris à quoi ?

– Dis plutôt à qui, répondit Françoise.

– Tu n'as pas honte ?

– Pas du tout, répondit-elle en ouvrant les yeux. C'est si bon d'être amoureuse.

Francine se dit que l'occasion était excellente. Elle prit un air détaché :

– Et ça fait quoi quand on est amoureuse ?

Françoise referma les yeux. Francine la trouva belle. Dans un sourire, elle dit d'une voix douce que ne lui connaissait pas Francine :

– Ça fait, ... comme si tu respirais mal sans que ce soit gênant. Comme si ton cœur battait très fort et très vite sans que tu aies peur.

– Un mal qui ferait du bien ? dit Francine ingénument.

– C'est presque ça, dit Françoise en ouvrant les yeux. Quand tu es avec celui que tu aimes, tu as l'impression que rien ne peut te faire du mal. Que rien de mauvais ne peut t'arriver. Autour de toi, même le bruit ne te parvient pas. Tu ne vois plus que lui, il ne voit plus que toi. Le temps n'existe plus, c'est une paix merveilleuse.

– C'est donc ça, dit-elle tout bas.

Francine avait compris. À cet instant, elle sut qu'elle aimait. À son regard lointain, à son sourire, Françoise comprit :

– Francine, tu es amoureuse.

Elle la rabroua.

– Qu'est-ce que tu vas chercher, pas du tout.

– Dommage, c'est si bon quand un homme te serre dans ses bras. Tu poses ta tête sur son épaule, tu te sens protégée, heureuse. Le temps s'arrête.

Elle vit le regard de Francine qui brillait. Elle vit son air heureux.

– Je me trompe ?

Non, elle ne se trompait pas. Enfin, elle n'était pas sûre.

– Je vais te dire un secret Françoise. Je crois que je suis amoureuse.

Disant cela, elle eut l'impression que le soleil chauffait encore plus. Que le ciel était encore plus bleu. Que l'étang était encore plus beau que d'habitude. En regardant plus loin, elle eut même l'impression de voir le garçon qu'elle aimait. Son cœur s'accéléra.

L'éclat de rire de Françoise brisa le rêve.

– Ah ça, si je me doutais. Tu caches bien ton jeu.

Francine prit peur. Il ne fallait pas que sa mère, ni personne, ne sache. Il ne fallait surtout pas le dire.

– Tu promets, dit-elle à Françoise ?

– Seulement si tu me dis qui c'est, dit-elle en courant vers l'eau.

Francine ne répondit pas.

– Alors, qui est ton amoureux ? hurlait-elle.

Elle prit peur :

– Ne crie pas s'il te plaît.

– C'est qui ?

Dans un souffle, elle osa :

– Je... je crois que je suis amoureuse de Pierre Lespiaud.

Elle baissa la tête en rougissant.

– Le facteur ! Tu aimes le facteur !

Francine se rebella :

– Pourquoi pas ?

– Il est sympa.

Elle regrettait maintenant sa confidence.

– Tu ne diras rien à personne. Tu promets ?

Promis juré, Françoise serait muette. Dans cet après-midi ensoleillé, sur le chemin du retour, Francine était bien. Elle comprenait mieux pourquoi il y a quinze jours, lorsque Pierrot avait un peu trop bu lors de la batterie chez Ariste, elle avait été contrariée.

La semaine qui suivit enleva toute la joie au village. Les batteries continuaient sous le soleil, Jules Sourbet et sa moissonneuse-batteuse étaient chez Fernand Cabucheau. Jules, toujours aussi méticuleux, surveillait tout. Le travail pouvant commencer, il commença. Tout le village était là, et Pierrot arriverait comme d'habitude vers midi solaire, en terminant sa tournée. On était jeudi, Ariste et Marie avait emmené Mathilde, leur filleule. Elle aiderait à son rythme. Âgée de treize ans, elle vivait avec eux depuis une dizaine d'années. C'était la coutume d'élever son filleul ou sa filleule, quand l'enfant faisait partie d'une famille nombreuse. Dans les premiers temps de leur mariage, ils n'avaient pas pu avoir d'enfant. Les hommes commençaient à faire des réflexions douteuses sur les capacités d'Ariste, et ça le rendait furieux. Un jour, enfin, Marie eut la joie d'être enceinte.

La grossesse fut difficile, puis, après sept mois, une nuit d'hiver, les premières douleurs. Ariste partit au bourg chercher la sage-femme. Huit kilomètres aller-retour. Quand ils arrivèrent à la ferme, Marie était livide, le regard éteint sur le petit corps du prématuré que la vie avait quitté après une demi-heure seulement d'existence. Ariste s'installa dans un silence sans pleurs, sec comme un arbre mort. Foudroyé. Ce bonheur désiré, cet avenir auquel il aspirait tant était mort dans un coin de lit sans qu'il soit là. Les pires idées passèrent dans sa tête. Il n'osait pas regarder Marie. Pendant les deux jours d'attente avant les obsèques, ils ne prirent aucun repas. Ils étaient glacés comme ce petit corps. Le curé vint leur dire que maintenant, c'était un ange. À cette phrase, Ariste vit dans le curé un démon. Quelle consolation ridicule ! Et l'avenir ? Et la joie de vivre ? Et l'espoir d'avoir des héritiers ? Et la joie d'entendre des rires d'enfants dans la maison ? Et le sourire de Marie qui ne reviendrait sûrement pas de si tôt, il y pensait à tout ça, monsieur le curé ? Son paradis sembla incongru à Ariste. Marie, elle, était brisée. Trop fatiguée pour se lever, elle semblait attendre la mort. Dans son lit, elle se laissa envahir par un vide atroce. Le médecin fut formel : le couple n'aurait jamais plus d'enfant. Désormais, la maison allait sentir le désespoir

Il fallut déclarer l'enfant et lui donner un nom. Jean-Marie fut inhumé par une glaciale matinée, de celles où l'on reste volontiers au coin de la cheminée. Dans le matin brumeux et gelé, le froid accompagna le corbillard, tiré par le vieux cheval de Gaston. Tout au long du chemin, Ariste, entouré de ses voisins, ne sentit pas le froid le mordre durant les quatre kilomètres qui le séparaient de l'église. Il était lui-même le froid.

Mathilde fut leur soleil. Leur joie de vivre retrouvée. Leur raison d'être.

La matinée chez Fernand se passait bien. Vers les onze heures, inquiet par un bruit suspect, Jules Sourbet arrêta la machine. Une poulie avait sans doute besoin de graisse. Il fallut retendre les courroies. Cet instant de repos fut le bienvenu, et on en profita pour se restaurer un peu. Au coup de sifflet de la machine, tout le monde se remit au travail dans la bonne humeur. Les conversations, criées, passaient au travers du ronflement régulier de la moissonneuse. La transpiration coulait sur les visages. Soudain, un claquement sec, violent, couvrit tous ces bruits. S'installa d'abord une stupeur silencieuse, puis les cris fusèrent de partout. L'horreur s'installa très vite. Une courroie, quittant sa poulie, était venue frapper quelqu'un de plein fouet à la tête. On releva vite un corps. C'était celui de la petite Mathilde. Elle respirait. Ses yeux, grands ouverts, effarés, posaient des questions silencieuses. La plaie sur le côté du visage, d'où s'écoulait du sang qui collait aux cheveux, ne laissait présager rien de bon.

Le docteur, vite. Pierrot arrivait à ce moment-là. Il était encore sur sa bicyclette. Il hurla en pédalant plus vite : j'y vais tout de suite.

Lorsque le docteur arriva, il ne put que constater le décès. Le petit corps sans vie était à côté de la machine, couché sur la paille tachée de sang. Ariste soutenait Marie. Il voulait l'éloigner. Elle hurlait après le Bon Dieu qui lui enlevait son deuxième enfant.

Vers le soir, Albert et Rosie vinrent faire une visite. Ariste les accompagna devant la défunte. Sur son lit blanc, elle semblait sourire d'un sourire heureux. Assise à côté du lit, Marie ne la quittait pas des yeux.

– Mon pauvre Ariste, dit Rosie, vous n'avez vraiment pas de chance avec les enfants.

Il répondit par un haussement d'épaules. Le chagrin l'empêchait de parler. Il avait du mal à réaliser ce qui se passait. En sortant de la chambre, Rosie lui dit que maintenant qu'ils n'avaient plus d'héritier ils allaient pouvoir vendre.

– Si tu veux, nous sommes là, nos propriétés se touchent. J'espère que tu ne vendras à personne d'autre.

À ces mots, brusquement, les souvenirs remontèrent dans la tête d'Ariste. Il se rappela ses vingt ans. L'amour qu'alors il portait à Rosie lui revint en mémoire. En mémoire aussi les instants heureux des corps. En mémoire aussi les paroles terribles de celle qu'il aimait, qu'il voulait épouser et qui répondait à son amour par des mots blessants : « Combien as-tu d'hectares pour prétendre m'épouser ? On ne vit pas d'amour et d'eau fraîche Ariste. Tu le sais bien. » C'était vrai. Il n'avait rien. Uniquement ses deux bras et sa bonne volonté. Élevé dans une famille simple, il savait tout du travail des pins et de la ferme, mais ne possédait rien. Est-ce que l'amour a besoin d'hectares ? Il pensait que non. Rosie pensait le contraire.

À sa demande en mariage, elle lui rit au nez, et choisit un parti plus intéressant. Il se retrouva seul avec son chagrin. Sans rien dire. En silence. La blessure de l'animal. Puis il avait rencontré Marie. Elle l'aima sans rien, elle qui avait tout, la ferme et les pins. Il finit par l'adorer. Alors ce soir, les propos de Rosie le blessèrent de nouveau. La blessure de l'animal se réveilla, amplifiée par la mort de Mathilde. Il se dressa, blême de colère, et posa sur Rosie un regard d'acier. Un regard d'une extrême dureté. Il lui dit sur un ton glacial :

– Tu ne respectes rien Rosie. Ni le présent, ni le passé. Tu n'as pas d'âme. Ton cœur est sec comme un pin frappé par la foudre. Tu l'as remplacé par un compte en banque. Tu te réserves un avenir de solitude.

Rosie partit en haussant les épaules. Ariste, alors, se laissa tomber dans un fauteuil et pleura longuement.

Dans la semaine qui suivit les obsèques de Mathilde, le soleil chauffait toujours aussi fort. L'été s'annonçait chaud. Les pins donnaient déjà beaucoup de résine. Une cascade de gouttes dorées coulait lentement sur les cares, basculait sur les zincs, se pelotonnait dans les pots. Albert ferait cette année une belle récolte. Rosie commençait à faire ses comptes. Francine ne piquait pas les pins. Elle ramassait la résine, escouarte d'une main et palot de l'autre, les journées étaient longues. Dans la solitude de cette forêt, elle pensait sans cesse à ce que lui avait dit Françoise : « La poitrine se gonfle comme si on s'étouffait sans en avoir peur. » Sa pensée était toujours tournée vers Pierrot. Rosie depuis quelque temps était obligée de l'appeler deux fois, alors qu'avant... L'ennui, c'est qu'elle n'oserait jamais lui avouer qu'elle l'aimait. On ne parlait pas comme ça à un homme. Ce n'était pas à la fille de se déclarer. Pourtant, quand il portait le courrier, il aurait dû voir son regard, son sourire, il aurait dû se douter de quelque chose, mais non, rien. Un bonjour, une plaisanterie, et il repartait en sifflant vers la maison voisine. Il fallait qu'elle trouve un moyen. Elle avait beau réfléchir, elle n'en trouverait pas. C'était trop risqué. Il lui rirait au nez. Il le dirait à tout le village, et elle serait la risée du pays. Elle l'entendait d'ici : « La fille d'Albert a dit à Pierrot qu'elle l'aimait. » Sa mère ne lui pardonnerait jamais. Non, elle ne dirait jamais rien. Ce serait son jardin secret.

Cette idée la rendit malheureuse. En vidant un pot de résine, elle y laissa couler une larme.

Pierrot avait passé tout le mois de juin à faire la fête dans les fermes du village, les paysans l'ayant tous invité à travailler un peu, mais surtout à dîner. La bonne marche de la tournée n'en avait pas été affectée. Monsieur Bellot voyait arriver Pierrot le matin, souvent fatigué, mais toujours à l'heure. Il fallait bien que jeunesse se passe, avait-on coutume de dire. La réputation du facteur était faite, mais celui-ci s'en moquait éperdument. Par contre, Paul, son père, rouspétait un peu :

– Tu exagères Pierrot. À force, les gens vont te prendre pour un soûlard.

– Qu'ils me prennent pour ce qu'ils veulent. Je ne ferai pas la fête à soixante-dix ans. J'en profite. En plus, ceux qui critiquent, c'est parce qu'ils ne peuvent plus la faire.

Et il partait en riant. Sa force était sa gentillesse et sa bonne humeur. Toujours le sourire. Toujours un mot avec celui qu'il rencontrait. Il voulait faire plaisir à tout le monde, ce qui le mettait dans des situations parfois difficiles. Le dimanche, par exemple, pour ne se fâcher avec personne, il faisait avec René la tournée des huit cafés du bourg avant de déjeuner. Malgré cela, l'après-midi, dans un des cafés où la patronne faisait danser les jeunes à l'aide d'un tourne-disque, il « n'esquintait pas » trop les pasos dobles ou les tangos. Les filles l'adoraient, mais lui ne les prenait jamais au sérieux ; pourtant, Michèle était amoureuse.

– Pierrot, tu me feras danser, tout à l'heure ?

– Si tu veux, répondit-il sans conviction.

Il lui fallait à tout prix trouver une solution pour décourager la fille. Soudain, une idée traversa son esprit. Il partit à la cuisine et mangea un oignon cru.

– Comme ça, si elle veut m'embrasser, dit-il à René, elle n'aura pas envie de recommencer.

– Pourquoi tu ne lui dis pas qu'elle t'embête, demanda René, ça serait quand même plus sympa.

– Bof, elle est gentille, ça lui ferait de la peine.

Elle l'embrassa comme il avait prévu, mais, à son grand étonnement, elle recommença. Michèle lui donna plusieurs rendez-vous qu'il oublia, et elle finit par comprendre que Pierrot n'était amoureux que de la fête.

Le mois d'août arrivant, la fête de l'étang approchait. De mémoire de gens du pays, il n'était pas rare que cette fête, qui rassemblait le village autour du lac, voyait une année l'orage, une année l'incendie. Comme l'un précédait souvent l'autre à cause de la sécheresse de cette période, la population était toujours un peu inquiète, mais la fête se déroulait quand même avec beaucoup de joie. Et puis, il y avait des années ou rien de fâcheux ne se produisait.

– Tu viendras à la fête Françoise, avait demandé Francine ?

– Bien sûr.

– Tu sais s'il y a bal le soir ?

– Je te vois venir.

– Que tu es bête !

– Tu vas te décider à lui dire ?

– Je n'y arriverai jamais.

– Quand j'aurai le temps, je te montrerai comment on aguiche un garçon.

Elle partit en virevoltant comme un papillon. C'est vrai qu'elle aurait pu donner des conseils à Francine. Mais comme un papillon, elle butinait de fleur en fleur, sans jamais trop s'attarder. C'est ce côté qui plaisait le moins à Francine qui rêvait, elle, d'un amour absolu. Total. Elle était certaine que Pierrot serait celui-là, bien que, pour l'instant, il était apparemment très loin de penser à elle.

C'est sous un soleil de plomb que la fête commença. Albert, Rosie et Francine, pour la circonstance, vinrent déjeuner chez le cousin Jean dans le quartier de l'alambic. Il y avait eu à cet endroit une usine de distillation de résine, et elle avait donné son nom au quartier. Après le repas, on emprunta le chemin de la forêt, derrière la maison, qui, en suivant une vieille voie de Decauville, emmenait directement au lac. Ce soir, à la nuit, on reviendrait par la route. Pour l'instant, l'air vif des pins atténuait les effets d'un long repas bien arrosé.

En arrivant au lac, les jeux étaient commencés. À l'instant, c'était la course aux canards sauvages au port. On jetait les canards dans l'eau. Ils disparaissaient aussitôt pour réapparaître quelques mètres plus loin. Les ailes coupées les empêchaient de s'envoler. Plongeant, cinq ou six jeunes essayaient de les attraper. Le public hurlait d'enthousiasme sur les rives.

– Claude, Claude, vers là-bas, vers là-bas ! criaient-ils en désignant au champion la direction prise par le volatile.

Francine s'aperçut tout de suite que Pierrot était dans l'eau. Elle cria.

– Pierrot, Pierrot, à ta gauche, à ta gauche !

Pierrot entendit Francine et partit à gauche.

– Mets ton képi de facteur et dit au canard qu'il a du courrier, il viendra le chercher, dit un joyeux fêtard.

L'éclat de rire qui suivit empêcha Pierrot d'attraper le canard qui fit surface et replongea cinq secondes après.

– Droit devant ! cria Francine, suivit par un – Tu n'as pas fini de te faire remarquer ! très ferme de Rosie. Albert et le cousin Jean avaient cet air hilare et rougeaud des fins de repas, avec un regard un peu vitreux, et suivaient les péripéties de la poursuite avec difficulté. Du coup, ils se taisaient pour ne pas donner de fausses informations.

Tout à coup, Claude fit surface en disant :

– Quel c... ce canard. Je l'avais, et il m'a glissé des doigts !

C'est à ce moment que Pierrot réapparut dans une gerbe d'eau, le canard à la main.

Un immense hourra salua l'exploit. Pierrot, après avoir salué la foule, jeta le canard sur la berge, qui tomba aux pieds d'Albert et de Jean. Ils le laissèrent filer vers ses congénères parqués dans une cage et qui l'appelaient bruyamment.

– Allons plus loin, dit Rosie.

Le ton n'admettait pas de réplique. Plus loin, c'était les jeux pour les plus jeunes.

Albert proposa une pause au bistrot d'Élodie et ils s'installèrent pour déguster un rafraîchissement. La chaleur était très forte. Les nuages s'amoncelaient. Jean, en regardant le ciel, annonça que l'orage allait éclater avant ce soir.

Vers dix-sept heures, le bal commença. Éliette, Françoise et Suzy vinrent chercher Francine pour danser. Rosie autorisa. Il faisait jour, pas d'escapade possible sans qu'elle s'en aperçoive.

Les couples se formèrent aux premières mesures de la valse. C'est alors que Pierrot s'approcha du groupe des filles. Le voyant arriver, Françoise donna un léger coup de pied à Francine qui se serait mise dans un trou de souris. Elle se recula un peu. De toute façon, ce n'était sans doute pas elle qu'il venait inviter, non, impossible. Pierrot avait un sourire radieux. Grâce aux indications de Francine, il avait eu le deuxième prix et avait gagné une bouteille de quinquina qu'il boirait le soir avec les copains.

– Francine, je viens te remercier, tu m'as fait gagner.

Elle rougit.

– Pour la peine, veux-tu m'accorder cette valse ?

– C'est que... je ne sais pas bien danser... et puis il faut que je demande à ma mère.

– Quitte-la donc un peu ta mère ! explosa Françoise, et va danser.

Allez, allez, dirent les autres en la poussant dans les bras de Pierrot. Francine comprit que Françoise n'avait pas su tenir sa langue. Pierrot prit Francine dans ses bras et ils commencèrent à valser.

C'est alors qu'en un instant il la vit différente. Les cheveux rejetés en arrière, vêtue d'une robe légère, chaussée de souliers fins, les mollets cachés par des socquettes blanches, ce n'était plus la Francine Meyre du village à qui il portait le courrier tous les jours et qu'il voyait en tablier de gamine. C'était... il ne savait plus qui. Comment avait-il pu ne pas s'en apercevoir avant ? Lui d'ordinaire si bavard, si rigolard, si moqueur resta sans voix. Il respirait mal. Sa poitrine se gonflait. Ses yeux fixaient ceux de Francine qu'il vit gris-bleu, et doux, et tendres, et souriants. Ému, il escamota un pas à la valse qui en devint bancale.

– Je t'avais dit que je ne savais pas danser, dit Francine timidement.

– Non non, c'est moi, dit-il avec une voix douce qu'elle ne lui connaissait pas. La valse se termina, suivie par un slow. Francine voulut regagner le bord de la piste, mais Pierrot la retint par la main, le regard suppliant.

– S'il te plaît, Francine, dansons ce slow.

Il se passait quelque chose. Un courant mystérieux circulait entre eux.

– Pierre, je ne sais pas si ma mère.

Elle l'avait appelé Pierre. Pas Pierrot comme tous les autres l'appelaient par copinage, non, Pierre. Elle lui montrait ainsi sans trop s'en rendre compte qu'elle le voyait d'une manière toute différente des autres. Pierrot était le nom donné par les copains, par les gens qui voyaient en lui le facteur gentil qu'il était.

Ils étaient restés, malgré l'hésitation de Francine, sur la piste de danse. Le slow les entraîna dans une sorte de rêve. Le regard fixé sur l'autre, un sourire de tendresse infinie sur les lèvres, plus rien autour d'eux n'existait. Ils étaient seuls au milieu des autres qu'ils ne voyaient plus. Éliette et Suzy les regardaient en riant et se moquant :

– Tu as vu ça Françoise, tu as vu ça ?

Françoise avait vu. Une grande nostalgie s'était emparée d'elle. D'instinct, ce couple lui sembla être le couple de l'amour absolu. Elle qui n'avait jamais cessé de papillonner se sentit envahie de mélancolie. Elle laissa couler sur sa joue une larme. De joie ? De tristesse ? Qui savait.

Le slow cessa avec le premier coup d'orage qui était venu brusquement, donnant raison au cousin Jean. Une pluie forte arriva aussitôt. Tout le monde se rua aux abris. Les cafés furent pris d'assaut. Albert, Rosie, Jean et tous ceux qui y étaient déjà furent bloqués à l'intérieur. La place manquant, on se réfugiait où l'on pouvait. Cet ainsi que Francine et Pierrot se retrouvèrent sous un coin de bâche, qui abritait la sortie des musiciens de l'orchestre, à côté de l'estrade.

– Pierre, il faut que j'aille retrouver mes parents.

– Attends... je voudrais te dire...

– Quoi ? fit-elle timidement.

– Ce n'est pas facile. Comment te dire... je crois que je ne t'avais jamais vue.

Elle sourit malicieusement.

– Pierre,... tu passes tous les jours à la maison porter le journal.

– Je sais, mais... ce n'est pas ça,... c'est...

Il paniquait, ne maîtrisait pas la situation. Lui qui d'habitude avait toujours le mot qu'il fallait ne savait plus quoi dire, ou plutôt comment le dire.

– Je ne t'ai pas vue grandir. Pour moi, tu étais Francine la petite d'Albert et de Rosie.

– J'étais... Je ne suis plus ?

Si, mais aujourd'hui, dans cette robe, il la voyait différente. Elle n'était plus la gamine en sabots l'escouarte à la main, allant vider les pots de résine. Il n'avait vu que l'enfant, mais aujourd'hui il découvrait la jeune fille.

– Quel changement !

Elle fondait littéralement sous les mots. L'orage redoublait de violence, elle ne l'entendait pas. Elle ne voyait pas les éclairs. Sa poitrine se gonflait. Elle respirait mal. Son cœur s'accélérait. Elle commençait à se promener dans ce bonheur immense que, déjà, elle entrevoyait. Pierrot reprit avec une voix qu'elle n'oublierait jamais :

– Francine, depuis le moment où je t'ai prise dans mes bras pour danser cette valse, je sais que je t'aime.

Francine ferma les yeux. Elle les rouvrit pour voir Pierrot qui la regardait avec une tendresse infinie. Leurs visages se rapprochèrent, leurs bouches s'unirent dans un feu d'artifice de bonheur.

La musique qui reprit les ramena à la réalité, l'orage était passé. Françoise regarda Francine qui revenait de son abri avec un air interrogateur. Son air heureux fut une réponse suffisante, elle lui fit un clin d'œil complice.

– Francine !

C'était Rosie qui avait pu sortir du café et cherchait sa fille.

– Où étais-tu ?

– À l'abri maman.

Elle montra la bâche du doigt.

– J'étais avec elle, ajouta Françoise.

– Si tu crois que ça me rassure répondit Rosie. Pierrot s'était éloigné un peu, mais il regardait Francine intensément. Leurs regards se croisèrent. Rosie surprit cet échange et fronça les sourcils.

Le soir, après avoir dîné rapidement, elle surprit Albert et Francine :

– Si on allait voir le feu d'artifice ?

Albert prit un air fatigué qui n'était guère encourageant. Francine eut un grand sourire. Une demi-heure plus tard, ils assistaient à l'éclat de la première fusée sur le bord de l'étang. C'était l'enchantement. Tout le monde avait la tête en l'air, sauf Francine qui regardait autour d'elle. Il lui était dur dans la foule de repérer celui qu'elle cherchait. Tout à coup, elle tressaillit, il était derrière elle. Entre son père et sa mère, elle ne bougea plus, la tête en l'air, les mains derrière le dos, et ferma les yeux quand il lui caressa les mains. Elle ne vit pas la dernière fusée saluée par les applaudissements.

Dès la fin du feu d'artifice, le bal reprit. À la première danse, Pierrot dansa avec Françoise, pour ne rien laisser voir. Rosie regarda sa fille, vit son regard suivre les danseurs sans pouvoir s'en détacher. Elle fronça les sourcils. Comprit que quelque chose s'était ou allait se passer. Il fallait agir pour que la situation ne lui échappe pas. Rosie savait ce qu'elle voulait pour sa fille. Son plan était prêt depuis longtemps. Précis. Bien conçu. Il assurerait l'avenir de sa fille. Plus tard, Francine la remercierait. Elle n'en avait jamais parlé à personne, même pas à son mari. Francine était encore une enfant, mais aujourd'hui Rosie avait subitement compris que l'enfant était devenue femme. Si elle en éprouvait un réel plaisir, il fallait agir pour que ses plans ne soient en aucune manière détournés. Ce soir, on laissait faire. Demain, on aviserait. Vers minuit, tel un général rassemblant ses troupes, elle ordonna le repli vers la maison. En se retournant, elle vit Pierrot faire un signe d'adieu à Francine. Rosie sourit dans l'ombre, Francine ne s'aperçut de rien. Pour elle, le chemin du retour se fit dans un rêve.

Chapitre 3

PIERROT PASSAIT HABITUELLEMENT chez les Meyre vers treize heures. Le lendemain de la fête de l'étang, il passa avec trois bons quarts d'heure d'avance. C'était beaucoup pour lui, il était plus souvent en retard qu'en avance. Il avait refusé un verre chez Ulysse et chez Ariste qui pensèrent que Pierrot avait des restes de fête de la veille et n'insistèrent pas.

En le voyant en avance, Rosie s'étonna. Pierrot lui expliqua que cet après midi il devait aller aider son père à ramasser la résine.

– Ah bon, dit-elle, j'ai eu peur que tu sois malade.

Devant tant de sollicitude de la part de Rosie, Pierrot remercia et en profita pour lui demander si elle avait trouvé le feu d'artifice à son goût. Oui, il n'était pas mal. Du coup, il s'enhardit jusqu'à lui demander si Francine avait trouvé la fête belle, et s'inquiéta de son absence, lui qui la voyait presque tous les jours.

– Elle n'est pas malade au moins ?

– Pas du tout, elle est dans les pins avec son père. Tu sais bien que c'est l'amasse.

C'était presque midi, ils n'allaient pas tarder à arriver.

– Ils ne rentrent pas dit Rosie, je vais les rejoindre avec le repas. Mais tu m'as dit que tu étais pressé, et je suis là à te retarder, excuse-moi. Allez, à demain Pierrot, dit-elle en tournant les talons. Enfin... s'il y a du courrier.

Pierrot partit avec le sentiment que Rosie se moquait un peu de lui, et il lui sembla que son air était plus malicieux que d'habitude. Pourtant hier à la fête, elle n'avait rien pu voir. Il était ennuyé, Francine n'était pas majeure. Les parents avaient leur mot à dire, et ils ne s'en priveraient pas. De toute façon, même si Rosie les avait vus danser, ce n'était pas bien grave, et puis ce n'était plus une gamine. Il sourit et pensa encore plus à Francine. Il était sûr de l'aimer. Son cœur se gonfla de joie en pensant aux événements de la veille.

La veille, après le départ de Francine, Pierrot avait donné sa bouteille de quinquina aux copains, et n'avait pas bu avec eux. Pourtant il aimait faire la fête et ne manquait jamais une occasion de trinquer. Ses copains ne comprirent pas très bien, et René, son meilleur ami, fut très surpris. Il s'inquiéta, le crut malade. Pierrot le rassura, seule une fatigue passagère en était la cause.

– C'est sûrement le bain de cet après-midi avec les canards.

Mon œil, sembla dire René qui devint songeur et pensa au bal. Il avait bien remarqué l'attitude de son ami. D'habitude, il passait sa soirée à inviter plusieurs filles. Hier soir, il n'avait dansé qu'avec Francine. Enfin... trois ou quatre danses, c'était tout. À la suite, il est vrai... Non. Ce n'était pas ça. En tout cas, si c'était ça, Rosie allait fulminer, elle n'aimait pas que quelque chose se décide sans son avis. Tournant le dos à Pierrot et le laissant à ses pensées, René partit en courant vers les autres. Il y avait urgence, la bouteille de quinquina se vidait sans lui.

Les orages avaient fui et le ciel était étoilé comme il savait l'être au mois d'août. La Voie lactée laissait sa longue trace blanche entre la Grande Ourse et d'autres constellations dont Pierrot ne connaissait pas le nom. Il était parti vers l'étang, s'était appuyé contre un pin. La musique du bal lui parvenait, lointaine. Il avait gardé en lui le parfum de Francine. Le goût de son baiser. Il revoyait son sourire, ses yeux. Une grande émotion l'envahit. Il entendait encore sa voix, une voix qu'il reconnaissait à peine.

Lorsqu'il portait le courrier et qu'elle l'attendait, le bonjour qu'elle lui disait n'avait pas ce timbre là, il en était certain. Ce soir, il avait trouvé cette voix douce, chaude, enveloppante. Il pensait bien qu'elle n'avait pas changé, mais grâce au nouveau regard qu'il portait à Francine il lui trouvait un autre ton. Amoureux. Il était amoureux. Il avait connu d'autres filles, mais ça n'avait été que des flirts sans importance. Des jeux d'adolescents sans conséquence. Là, il ne se reconnaissait pas. Il n'était pas particulièrement tendre et savait cacher ses émotions. C'était un homme ! Lorsque le samedi soir le *Familia Ciné* avait à son programme un film d'amour, les garçons, assis sur les bancs au fond de la salle, sifflaient à chaque scène de baisers. Les filles se fâchaient. Pierrot, comme les autres, sifflait, riait, sans trop savoir pourquoi. Montrer sa tendresse n'était qu'une faiblesse féminine, il fallait que les garçons soient des hommes ; pour cela, interdit la tendresse. Les femmes sont faites pour pleurer, disait son grand-père. Fallait-il comprendre que les hommes se réservaient les joies et laissaient les peines aux femmes ? Pas vraiment mais bon, c'était comme ça. Il y avait davantage de maladresse et d'orgueil mal placé que de méchanceté dans ces attitudes. Pierrot s'en rendait compte ce soir, et là, sous ce ciel serein, la bouffée de joie qui monta en lui en pensant à Francine l'émut profondément. À sa grande stupeur, il sentit couler une larme sur son visage. Soudain, une étoile filante traversa, fulgurante, le ciel. Il se surprit à faire un vœu.

Maintenant, sur la petite route blanche qui le ramenait au bourg, il réfléchissait au moyen de revoir rapidement Francine. Il ne fallait pas que ce soit simplement l'émotion d'un soir due à je ne sais quoi qui lui fasse croire à l'amour. Il était sûr de lui, il fallait qu'il soit sûr d'elle. Pour cela, ils avaient besoin de se rencontrer. Tout d'un coup, il eut envie de parler. De se confier. Après avoir remis sa sacoche au bureau de poste, il partit à la recherche de René.

René travaillait au chemin de fer. Il avait fait un apprentissage de peintre, ensuite la Compagnie l'avait gardé. Entre l'océan et Bordeaux, il y avait des gares, des maisons de gardes-barrières à entretenir. Il fallait aussi repeindre les wagons de voyageurs que réparaient les menuisiers. L'atelier comptait d'excellents ouvriers qui savaient tout faire.

Pierrot le chercha autour de la gare. Il peignait de ce vert wagon une porte récemment changée. En le voyant, René s'étonna. Il était rare qu'ils se rencontrent pendant le travail. Pierrot s'approcha et s'assit sur le marchepied du wagon. Il ne disait rien. René, le pinceau à la main, le regardait. Étonné par ce silence, il prit la parole.

– Qu'est-ce qui t'arrive Pierrot, c'est la fatigue du bain d'hier après-midi qui ne veut pas passer ?

Maintenant qu'il était là, il n'avait plus envie de parler. De livrer son secret. Mais pourquoi donc bon Dieu était-il venu ! René était de plus en plus intrigué.

– Toi, depuis hier soir, tu nous couves quelque chose. C'est pas le rhume des foins, on est en août.

Il rit de sa blague, Pierrot sourit à peine.

– En plus, je vois que tu ne sais même plus rire.

– C'est rien, ça passera.

Il se leva pour partir. René sentit que si Pierrot partait maintenant il ne dirait jamais plus ce qu'il avait ; il se décida donc à attaquer. Le pinceau glissait délicatement sur le montant de la fenêtre. Les yeux fixés sur son travail, René lui dit sans le regarder :

– Au fait Pierrot, elle danse bien Francine ?

Il attendit la réponse qui arriva aussitôt.

– Qu'est-ce que ça veut dire, imbécile ?

– Ça veut dire que tu n'aimes pas que je te parle de Francine : un, je ne vois pas pourquoi ; deux, tu n'as pas répondu à ma question.

Pierrot sentit le piège se refermer. Dans le fond, il était content, René était son ami. Il pouvait tout savoir de lui, le secret serait bien gardé. Pierrot eut un sourire. René comprit, sourit aussi.

– Alors comme ça, Francine danse bien, reprit-il.

– Oui.

– Très bien ?

– Idiot !

– Pierrot, ne me dit pas que tu es amoureux.

Le regard de Pierrot avait répondu avant lui. Son sourire confirmait.

– Eh bien dis donc, si Rosie apprend ça, je me demande ce qu'elle va dire.

Qu'est-ce qu'elle pourrait dire, il était amoureux de sa fille, c'était tout. René émis un coup de sifflet admiratif.

– J'en vaux un autre, non ? J'ai du travail, en plus je sais m'occuper des pins et je pourrai aider Albert. Quoi de mieux pour eux.

– Pour eux, je ne sais pas. Mais ne me dis pas que tu veux vivre avec ce gendarme de Rosie. Tu te laisserais faire comme ce couillon d'Albert qui ne dit jamais rien ?

– Ça, faudrait voir.

– C'est tout vu.

C'est avec Francine qu'il voulait vivre, pas avec sa mère.

– Là, on épouse la famille monsieur. Et en plus, ta Francine, elle ne sera pas majeure tout de suite. T'as du mouron à te faire, tu l'as pas encore la fille à Rosie.

On allait voir ce qu'on allait voir. Il n'allait quand même pas attendre trois ans. Il fallait agir. D'abord, être sûrs d'eux. C'était essentiel. Ensuite, il irait voir Albert et Rosie pour leur demander la main de leur fille. C'était de braves gens, et même s'ils étaient surpris ils comprendraient. Une bouffée d'espoir et de bonheur monta en lui. Il trouva à nouveau que la vie était décidément bien belle.

Lorsque Rosie était arrivée à la cabane dans la forêt avec le repas, Albert et Francine finissaient juste leur matinée de travail. Ils se passaient les mains sous l'eau de la pompe. L'amasse de la matinée avait été très bonne. Les barriques remplies attendaient le muletier qui les emmènerait au quai de chargement, puis un camion viendrait les chercher pour les conduire à la distillerie. L'air sentait bon la résine, les cigales chantaient leur hymne à la chaleur. Dès qu'elle aperçut sa mère, Francine demanda si le facteur était passé. En répondant, Rosie guetta sa réaction.

– Pourquoi, tu attendais du courrier ?

En disant non, Francine se sentit rougir. Elle se tourna pour éviter le regard de sa mère qui continua.

– Il était même en avance ce matin.

Rosie avait vu sa fille se détourner, cela confirma son idée d'hier. Elle expliqua que

Pierrot devait aider son père cet après-midi pour l'amasse. Elle ajouta qu'il s'était inquiété de savoir si la famille Meyre avait trouvé la fête belle. Francine prétexta avoir oublié un mouchoir dans son tablier de travail pour sortir et aller le chercher. Rosie en profita pour dire rapidement à Albert avec un air de reproche :

– Ta fille est amoureuse.

Albert leva des yeux ronds. Resta sans voix.

– Tu as bien entendu. Tu ne me demandes pas de qui ?

– ... Ben... si.

– De Pierrot.

– Et où tu as vu ça toi ? demanda-t-il en éclatant de rire.

Elle raconta le regard après le bal hier après-midi. C'était pour ça qu'elle avait voulu revenir au bal hier soir. Pour voir. Pour être sûre. Le regard en partant cette nuit. L'avance de ce matin. Parce que l'histoire d'aider son père, elle n'y croyait pas, il arrivait plutôt en retard là aussi. Donc, c'était sûr, il y avait quelque chose qui mijotait entre Pierrot et Francine. Albert fut stupéfait. Sa fille amoureuse ! Rosie décréta qu'il fallait agir rapidement.

– Tu vas lui en parler ?

Ce n'était pas la peine. Au contraire, moins on en parlerait, mieux ça serait. Son plan était établi depuis longtemps, ce n'était pas un grain de sable appelé Pierrot qui allait gripper la machine.

Le retour de Francine dans la cabane arrêta net la conversation. À leurs regards, elle comprit que ses parents parlaient d'elle. L'inquiétude l'envahit. Mais bon, ça pouvait être autre chose que ce à quoi elle pensait. En y réfléchissant, elle aurait mieux aimé apprendre à ses parents qu'elle était amoureuse de Pierrot. Ce serait mieux. Sinon, colportées par d'autres, les nouvelles arrivaient déformées. Enlaidies. Et là, il ne fallait pas. Une réputation était si vite faite. Elle pensait à Françoise. Avoir appris que Pierrot était en avance ce matin lui fit plaisir. Il fallait qu'elle le rencontre au plus vite. Le temps qui s'écoulait d'habitude à un rythme tranquille lui parut long. Très long. Le dimanche lui parut loin. Très loin. En allant à la messe, elle essaierait de voir Françoise pour qu'elle porte un message à Pierrot. Elle irait au match de football avant les vêpres, s'il pouvait venir. Cet espoir lui fit du bien. Après le repas plutôt silencieux, elle reprit l'escouarte avec plaisir. Une fois pleine, celle-ci lui parut plus légère.

Chapitre 4

CE DÉBUT SEPTEMBRE était encore très beau. La température n'avait perdu qu'un ou deux degrés. Seules les matinées nimbées d'une brume légère annonçaient l'automne à venir. Tout le monde espérait la pluie pour que les cèpes puissent pousser. Servis avec de l'ail et du persil, ils accompagneraient royalement le poulet du dimanche. Cette pluie souhaitée gonflerait légèrement les raisins du Médoc voisin, qui finissaient de mûrir. La sève allait cesser de couler, ce sommeil de la végétation n'était pas un signe de mort, et les arbres, qui commençaient à devenir squelettiques, allaient se dépouiller pour mieux préparer leur renouveau.

À la messe de ce premier dimanche de septembre, la liturgie annonçait la reprise des activités laissées en sommeil le temps des vacances.

En été, les bords de l'étang ou de l'océan semblaient endormis à cause de la chaleur et incitaient au repos. Le village commençait à être très fréquenté par les touristes, ce qui faisait le bonheur de la Compagnie des chemins de fer, en remplissant ses wagons le dimanche. De Bordeaux à l'océan, ils étaient de plus en plus nombreux à utiliser celui que l'on appelait désormais le train de plaisir. C'était un long convoi tiré par un tracteur Diesel, composé de wagons en bois, sans couloir, faits de compartiments étroits aux sièges de bois. Les contrôleurs semblaient être des équilibristes de cirque. Ils circulaient sur les marchepieds, en se tenant comme ils pouvaient, et poinçonnaient les billets depuis les fenêtrés ouvertes. Certains voyageurs, pour leur échapper, montaient carrément sur le toit. Le dimanche soir, on allait de plus en plus voir passer ce train d'où fusaient les rires et les chansons, de ceux qui étaient venus passer la journée au grand air.

Francine arriva en avance à la messe, accompagnée de sa mère. Elles prirent place toujours au même endroit, à côté du bénitier, un peu en arrière de la petite porte d'entrée. Autrefois, sa grand-mère se mettait là, sa mère aussi. Les chaises leur appartenaient. Les initiales du nom de famille étaient marquées sur l'accoudoir du prie-Dieu, avec des clous à tête ronde de cuivre.

Françoise était un peu plus loin derrière. Elles se verraient à la fin de la messe, sous le porche de l'église.

Mademoiselle Verbois avait regroupé la chorale autour de l'harmonium. Grande, mince pour ne pas dire maigre, mademoiselle Verbois, que les moqueurs appelaient Secbois, régnait depuis toujours sur ce groupe de femmes et de jeunes filles, à la manière d'un métronome. Lorsqu'elle pédalait sur son harmonium, le balancement de son corps battait la mesure, tandis que les voix, jeunes et frêles, ou vieilles et âcres, essayaient de suivre cette direction chaotique dans des trémolos de circonstance, De temps en temps, une voix s'égarait. Le mouvement de tête sec de mademoiselle Verbois dénonçait la fautive, qui baissait les yeux. Francine n'avait pas voulu faire partie de la chorale, qui répétait tous les jeudis à dix-huit heures. Maintenant, elle le regrettait, ça lui aurait permis de venir au bourg une fois de plus par semaine et de rencontrer Pierrot.

L'heure de la messe approchait. Louis, le sacristain, finissait d'allumer les cierges pour les âmes du purgatoire. Il irait ensuite sonner les trois coups de cloche annonçant le début de la cérémonie. Comme au théâtre.

L'abbé Durieux expliqua que la liturgie de ce dimanche était placée sous le signe du pardon et de l'amour de son prochain.

Au mot amour, Francine eut un frémissement. La petite clochette, agitée par l'enfant de chœur, résonna et la messe commença. La lecture de la lettre de saint Paul Apôtre enchanta Francine : « Frères, ne gardez aucune dette envers personne, sauf la dette de l'amour mutuel » ; suivait la condamnation de l'adultère, du meurtre, du vol, de la convoitise, et saint Paul terminait par ces mots : l'accomplissement parfait de la loi, c'est l'amour.

L'amour. Le cœur de Francine en débordait ; à cet instant, elle aimait tout le monde. Sa vie lui semblait fantastique. Elle allait s'inscrire dans l'amour total, celui qu'elle portait à Pierrot. Il était si grand qu'il allait rejaillir, elle en était persuadée, sur tous. Ce monde que l'on critiquait, que l'on voyait laid, pour elle il était couleur d'azur. Il était lumière. Pourquoi les gens ne le voyaient-ils pas comme elle ?

Pendant le court silence qui suivit la lecture, elle ferma les yeux. Elle les rouvrit quand la petite porte du côté, en s'ouvrant, grinça légèrement. Encore quelqu'un qui arrivait en retard. À sa grande surprise, elle vit entrer Pierrot. Pierrot à la messe ! Il n'y venait que pour les fêtes ou pour les grandes occasions ! C'est vrai que depuis sa confirmation, il était en froid avec l'abbé Durieux et ne fréquentait pas vraiment l'église.

Quelle histoire cette confirmation !

Pierrot n'ayant pu assister à toutes les messes nécessaires pour confirmer, monsieur le curé avait décrété qu'il ne le serait pas. Sa mère, apprenant la nouvelle, huit jours avant la date prévue, fut catastrophée. Elle en parla à Paul. Il s'en moquait éperdument. Elle se confia à son frère Georges, le coiffeur ; il s'en moquait aussi, mais suggéra que l'on fasse la fête quand même, puisque c'était prévu : on n'allait quand même pas gaspiller les victuailles préparées à cet effet. En outre, il savait que Paul avait une bonne cave, et l'idée de ne pas en voir la couleur le dérangeait. Madeleine rugit : faire la fête sans confirmer ? Mais le Bon Dieu nous punirait ! Devant la peine de sa sœur et la vision de bonnes bouteilles restant fermées, Georges promit d'en parler à l'abbé Durieux, il le rasait trois fois par semaine. Le mardi suivant, Georges, après avoir savonné efficacement le visage poupin du curé, passa le rasoir sur le cuir, commença le rasage et dit :

– Au fait, monsieur le curé, qu'est-ce que j'apprends, mon neveu ne confirme pas ?

Sous le cou, le rasoir raclait un peu plus que d'habitude. À ce contact rêche, la gorge de monsieur le curé devint aussi sèche qu'un jour du mois d'août. Sentant le danger, et pour ne pas trop bouger, il répondit dans un souffle :

– Mais si Georges, tu peux dire à ta sœur que son fils confirmera.

– Ah bon ! Elle a du mal comprendre.

Et Pierrot avait confirmé.

En entrant dans l'église, Pierrot jeta un regard vers Francine. Elle lui sourit. Il s'assit près des fonts baptismaux, du côté des hommes.

En chaire, l'abbé Durieux fut égal à lui-même. Plutôt que de parler amour et pardon, comme le préconisaient les lectures, il choisit de parler de l'autre aspect : l'adultère, la convoitise. Le ton se faisait menaçant. À l'entendre, le confessionnal retentissait de l'aveu de ces péchés, de ces turpitudes. Il fallait que ça change, sinon l'enfer serait au bout du chemin de beaucoup de paroissiens. Pierrot pensait que, justement, ceux qui péchaient, comme le pensait le curé, ne lui racontaient pas forcément en confession. Et ceux qui étaient là se faisaient engueuler pour les absents. Du coup, tout le monde baissait la tête, se sentant un peu coupable.

Francine écoutait sans crainte. Elle aimait Pierrot, elle était heureuse qu'il soit là. Elle n'aimait que lui, donc le sermon ne s'adressait pas à elle.

La fin de la messe parut lointaine. L'*ite missa est* délivra Francine.

Sous le porche de l'église, les gens se saluaient. Francine put se rapprocher de Françoise et eut juste le temps de lui passer un message :

– Je viendrai au match de football cet après-midi. Elle lui montra Pierrot de la tête. Françoise cligna de l'œil, elle fera passer le message. Pierrot, jouant des coudes, finit par arriver devant Rosie.

– Tiens, bonjour Rosie, bonjour Francine.

Rosie le salua, s'étonna de sa présence.

– Une messe de temps en temps ne peut pas faire de mal.

Rosie sourit du coin des lèvres.

– Comme tu as raison.

Elle partit vers sa bicyclette, entraînant Francine dans son sillage. En arrivant chez elle, Albert, qui avait surveillé la cuisson du poulet et du millas, demanda ce qu'il y avait de neuf au village. Rosie n'avait rien appris. Ah si. Décidément, Pierrot devait être malade, il était à la messe. Francine rougit en mettant le couvert, sous le regard inquisiteur de sa mère.

La vaisselle faite, Rosie recommanda à sa fille d'être à l'heure pour les vêpres de cinq heures. Francine promit.

Elle pédala très vite, la petite route blanche, qui d'habitude semblait courte, aujourd'hui lui parut longue. Pierrot serait-il là ? Elle avait honte. C'est elle qui avait fixé le rendez-vous, qu'est-ce qu'il allait penser ?

En arrivant au stade, elle rejoignit Françoise qui pistait l'arrivée des joueurs.

– J'en ai repéré un, ma... gni... fique ! Il doit avoir des mollets d'enfer.

– Françoise, ne t'excites pas.

– Trop tard. C'est fait.

Elle ajouta qu'elle avait pu faire la commission à Pierrot.

– Il est là.

Elle montra du menton la direction du bois de Jeanton, qui longeait le stade.

Pierrot était derrière la main courante. À ses côtés, René faisait de grands gestes, sans doute en prévision du match. En parlant, elles se dirigèrent tout doucement vers eux.

– Tiens tiens, fit René, avec un air moqueur en les voyant arriver.

– Dis donc René, tu es arbitre de touche, non ?

– Ben..., oui.

– Allez, hop, viens. Au travail.

D'un bras ferme, Françoise l'entraîna vers le lieu du match.

Restés seuls, Pierrot dit à Francine que depuis dimanche dernier le temps lui avait paru être une éternité. Il avait porté le courrier presque tous les jours en avance pour la voir, mais en vain, elle n'était jamais là. Francine lui raconta sa semaine en forêt avec ses parents. Ses craintes à cause de l'attitude de sa mère.

Ils avaient les yeux rivés l'un sur l'autre. Le match commença sans qu'ils s'en aperçoivent.

Presque sans s'en rendre compte, doucement ils passèrent sur le petit pont de bois qui enjambait le fossé. La forêt les dissimulait aux regards. Les tons roux des chênes commençaient juste à poindre. Le silence n'était troublé que par les cris des joueurs sur le terrain de football et le chant des oiseaux. En les apercevant, un merle s'enfuit en jetant un cri strident. Il avertissait les autres d'une présence dérangeante. Après avoir fait une dizaine de mètres à l'abri des chênes, avec douceur Pierrot pris Francine par la main. Puis, doucement, tout doucement, il la serra dans ses bras. Elle posa sa tête contre lui. Ferma les yeux. Il lui caressa les cheveux. Une chaleur intense la parcourut. Elle leva la tête, leurs bouches s'unirent avec tendresse, avec force. Francine sentit son corps vibrer. Une émotion de chaque pore lui donna l'impression qu'une onde la traversait, lui laissant apercevoir des possibilités de bonheur ignorées jusqu'alors. Leur baiser dura longtemps. Puis Pierrot parla. Lui dit son amour. Total. Absolu. Il lui dit ses espoirs comme ça, d'un coup. Elle avait les mêmes. Elle communiait à ses désirs. À ses espoirs. À cette famille qu'il souhaitait. À cette vie commune, à l'amour quotidien. Ils s'aimaient depuis peu, mais il leur sembla que cet amour durait de toute éternité. Les inquiétudes vis-à-vis de sa mère s'estompèrent et elle pensa qu'elle s'était fait des idées. Elle aimait

Pierrot, Pierre comme elle disait. Il souriait, heureux de la différence. Il était le Pierrot de tous, il serait son Pierre à elle. Il la serra de nouveau contre lui. Leurs cœurs étaient gonflés d'amour. Ils se sentaient invincibles. Le monde autour d'eux… Quel monde ? Ils étaient seuls. Si près l'un de l'autre pour ne plus faire qu'un seul bonheur.

L'ovation que fit le public à la victoire de l'équipe locale affola Francine. Elle regarda sa montre : cinq heures moins le quart.

Sa mère l'attendait sous le porche.

– Tu as vu l'heure ?

– Le match finit juste à l'instant.

– Tu ne jouais pas que je sache ?

Elles entrèrent dans la fraîcheur de l'église. Le soleil jouait avec le vitrail de sainte Cécile, au-dessus de la grande porte. Il donnait presque du mouvement à la sainte jouant de l'orgue dans une lumière de paix. L'instant était doux. Lorsque mademoiselle Verbois entonna le premier cantique des vêpres, le cœur de Francine chantait encore avec celui de Pierrot.

Chapitre 5

FRANCINE ET PIERROT avaient décidé de se rencontrer le plus souvent possible, mais comment faire pour ne pas éveiller les soupçons. En semaine, ils travaillaient tous les deux. Tant qu'à midi lorsqu'il portait le courrier, ce serait difficile. Francine avait envie d'en parler à ses parents, mais trouvait que c'était un peu trop tôt, ils devaient être sûrs d'eux. En plus, son retard aux vêpres n'avait pas adouci Rosie, qui semblait fulminer.

Elle ne reconnaissait pas sa mère. L'autorité qu'elle dégageait, pourtant habituelle, lui semblait curieuse et plus forte depuis la fête. Francine l'aimait mais la craignait. Quand elle était petite, le soir, c'est sur les genoux de son père qu'elle jouait avant d'aller au lit. Quand, une fois couchée, sa mère d'un geste sec éteignait la lumière en lui souhaitant bonne nuit, c'était encore son père qui venait lui faire un dernier câlin. Malgré son air bourru, il la serrait contre lui, et il lui apportait sans discours toute sa tendresse maladroite. Elle se tournait en souriant, et partait à la poursuite de ses rêves d'enfant. Malgré l'amour qu'il portait à sa fille, Albert ne ferait rien qui puisse contrarier sa femme, qui avait le chic pour faire des colères étonnantes. Et comme il avait une sainte horreur des scènes, il ne faisait rien qui puisse en provoquer.

L'idée que sa mère fut au courant de son amour se fixa dans l'esprit de Francine. Comment prendrait-elle la chose ? Elle avait dû imaginer l'avenir de sa fille, mais pas forcément comme ça, sans son avis. Elle savait sa mère organisatrice et décideuse, mais une fois cette vexation passée Rosie retrouverait le sourire. Après, on verrait bien.

Elle vit trois jours après. Pierrot avait porté une lettre des cousins de Cussac. Ils préparaient les vendanges et demandaient si, par hasard, quelqu'un de la famille pouvait venir les aider. Au moins deux jours, écrivaient-ils, à cause d'une défection de dernière minute.

Rosie annonça à Francine qu'elle partirait vendredi pour Cussac et que, réflexion faite, elle y resterait une dizaine de jours. Francine trouva ce temps trop long.

– Qu'est-ce que c'est dix jours pour aider des cousins qui ont la gentillesse de nous vendre leur propre vin à un prix intéressant ?

Francine eut beau dire que l'amasse n'était pas terminée, que les cours de l'école ménagère allaient bientôt reprendre, sa mère semblait prendre un malin plaisir à trouver des solutions à tous les problèmes soulevés. Pas terminée l'amasse ? Peu importe, Robert Loubaney viendrait les aider.

– Bébert ?

Bien sûr. Il connaissait bien le travail. Et puis au moins, tant qu'il serait là, le pauvre mangerait mieux que chez lui. Depuis que sa mère était morte, Simon son père ne devait pas faire grande cuisine.

– Tu en profiteras pour lui apprendre à se laver, dit Francine avec rage…

– Et pourquoi pas ? Quand il n'y a pas de femme à la maison, tout va à vau-l'eau.

– Sauf lui, répondit rageusement Francine.

C'est ainsi que le vendredi les cousins de Cussac apprirent par le courrier du matin qu'ils auraient de l'aide et ils virent arriver cette aide dans la soirée.

Après un voyage sans joie, sans discours, coupé par une halte à Castelnau chez le marchand de chaussures (il fallait acheter une paire de bottes à Francine), Albert arrêta la voiture devant la maison des cousins. Elle était grande, belle. Autour de la cour, où deux grands arbres donnaient de l'ombre, s'ordonnaient les chais, les granges, l'écurie. Le tout était entouré de vignes. Dans ce coin de Médoc, on oubliait les pins, on entrait, à deux pas de chez soi dans un autre monde. Francine trouva l'ensemble terne, gris, sans couleurs, et décida qu'elle s'y ennuierait. Elle fit pourtant semblant de s'y plaire, histoire de contrarier sa mère. Les vendanges ne commençaient que lundi ; d'ici là, il fallait tout préparer, tout organiser. Mais pour l'instant, les cousins savaient recevoir, la table fut garnie. Albert se serait bien laissé prendre au vin de l'an dernier qui promettait de grandes choses. « Le temps va encore l'arranger », dit le cousin. « Le temps arrange toujours tout », approuva Rosie. Avant de partir, il fallut goûter le vin de cinq ans. « Il a de la cuisse », affirma Albert avec un air égrillard. Le verre d'eau-de-vie maison retarda encore un peu le départ.

Lorsque Francine se retrouva seule dans la chambre qu'on lui avait donnée à l'étage, elle s'écroula sur le lit et pleura. Dix jours sans voir Pierrot. Elle n'avait même pas pu le prévenir de son départ. En se glissant dans les draps recouverts d'une couette, la douceur lui rappela les caresses de Pierrot, son corps se raidit. Elle sentit confusément qu'elle ne pourrait jamais se passer de lui. Fatiguée, elle finit par s'endormir.

En portant le courrier le samedi matin, Pierrot, toujours en avance, trouva Bébert « Ben-doutch » devant la maison des Meyre. Il affûtait un hapchot.

– Tiens, Albert t'a embauché ?

– Oui.

Bébert n'était pas très bavard ; quand il avait le nez dans son travail, il n'aimait pas qu'on le dérange.

– Il n'est pas malade au moins.

– Non.

– Ils ne sont pas là ?

– Si.

– Comme je n'ai pas vu Francine.

– Elle vendange chez les cousins de Cussac.

Bébert leva les yeux sur Pierrot, comme s'il guettait une réaction quelconque.

– ... Pour la journée ?

– Non... pour dix jours.

À ce moment-là, Rosie apparut pour prendre le courrier.

– Qu'est-ce que tu as Pierrot, tu as l'air tout chose.

Pierrot se raidit.

– Non, ça va. Je n'ai pas osé donner le courrier à Bébert, il n'avait pas les mains bien reluisantes.

– Tout le monde n'a pas la chance d'avoir un travail propre.

– Bien sûr. Allez, bon appétit Rosie.

– Tu peux dire bon appétit aussi à Bébert, il mange avec nous.

En partant, Pierrot suggéra méchamment à Bébert de se laver les mains, puisqu'il allait passer à table. Bébert, comme à son habitude, haussa les épaules. Contente de son petit effet, Rosie rentra chez elle en riant.

Le matin, en allant chercher Bébert, Albert lui avait dit que Rosie voulait lui expliquer des choses. Bébert, en bon paysan, ne posa pas de questions, il verrait bien. Au casse-croûte, alors que, le pain et le saucisson dans la main gauche, il l'entamait avec son Opinel, Rosie lui avait annoncé qu'ils auraient besoin de lui une bonne huitaine de jours pour l'amasse. Ça ne posait aucun problème, il connaissait bien le métier. Simon, son père, avait une soixantaine d'hectares contre la passe de Cabaley, sur lesquels il y avait des pins de trente ans, des semis de quinze ans qu'il fallait entretenir et quelques hectares de gros pins qu'ils faisaient gemmer. Malgré ça, il leur restait du temps. Leurs revenus, à part le troupeau de moutons, étaient minces, alors ils se louaient comme bûcherons, ou pour curer des fossés, ou pour aider à gemmer. Ainsi, avec un cochon, des poulets et trois vaches, ils arrivaient à faire face. Le malheur les avait frappés cinq ans auparavant. Yvonne, la femme de Simon, était morte en quelques jours. La ferme manquait de présence féminine et le laisser-aller s'était installé progressivement. Paulette, une cousine du côté de sa femme, venait faire la lessive tous les lundis et un peu de ménage. On disait même qu'elle et Simon, de temps en temps... Il faut dire que Simon, discret à l'ordinaire, avait, à l'occasion d'un repas de batterie, dit à Paulette devant deux bavardes qu'il n'avait pas vues :

– Tu restes à la maison ce soir ? La nature réclame.

La phrase, bien qu'élégante, ne laissait aucun doute sur leurs relations, et dans la nuit ils étaient partis chez Simon.

Les deux bavardes avaient colporté l'affaire à la grande joie des convives. Ce soir-là, Bébert n'avait rien entendu, il dormait déjà au bout de la table, écrasé par la fatigue et le trop-plein de vin.

Bébert resterait donc huit jours chez les Meyre, il n'avait rien d'autre de prévu. Rosie avait ajouté :

– Si tu vois Pierrot à midi, et qu'il te demande où est Francine, tu lui diras qu'elle est chez les cousins de Cussac pour dix jours, mais surtout tu guetteras sa réaction.

– Pourquoi ?

– Je t'en dirai davantage à midi.

La conversation fut terminée. Si Rosie lui demandait de guetter la réaction de Pierrot, c'est qu'il en aurait sûrement une. Une réaction à l'absence de Francine... bizarre. À moins que... Non. Pierrot et Francine ? Ça alors ! Enfin, il avait joué le jeu, il avait vu l'embarras et la déception du facteur, maintenant il avait besoin de comprendre.

Rosie avait attaqué au début du repas. Le couvercle de la soupière soulevé, une odeur extraordinaire de soupe aux choux avait envahi la pièce. Bébert adorait. Son père faisait peu la cuisine et lui pas du tout. En dehors du fait que ces huit jours allaient lui rapporter de l'argent, avec Rosie et Albert il mangerait bien. Le « mmmh » de plaisir qu'il fit au spectacle et à l'odeur du chou cuit avec des carottes et des pommes de terre ajoutées au dernier moment, le tout servi avec du pain bien trempé, fit plaisir à Rosie.

– T'en manges pas souvent on dirait.

– Eh non.

– Ah ! quand il n'y a pas de femme à la maison, dit Albert.

Après lui en avoir servi trois louches, Rosie continua :

– Ton père ne se remariera pas. Mais toi, quel âge as-tu ?

– Je vais sur mes trente-cinq.

– C'est toi qui devrais prendre femme.

– Oh moi.

Ça ne lui disait rien ? Si, mais qui voudrait de lui au village ? Il ne savait pas parler aux filles et il n'avait pas grand-chose.

– Tu n'as pas grand-chose, dit Albert. Tu as soixante hectares, plus la ferme.

Entre deux cuillerées avalées bruyamment, il précisa :

– Pas moi, mon père.

– C'est pareil, t'es fils unique. En plus ton père a soixante-cinq ans, il va bientôt lui falloir de l'aide. Et puis si tu ne sais pas parler aux filles, dit Rosie, on peut parler pour toi.

Au moment où Rosie apportait sur la table les feuilles tendres du chou qui n'avaient pas été mises à la soupe, mais conservées pour servir de récipient au farci fait de viande hachée, de mie de pain et d'œufs battus que dans le pays ils appelaient un « âne », devant ce spectacle et les propos de ses hôtes Bébert rêvait complètement. Est-ce qu'ils lui avaient trouvé une femme ? Si c'était ça, qui cela pouvait-il bien être ? Il n'en connaissait aucune au pays qui voudrait de lui. Il n'était plus très jeune, un peu sauvage, enfin rien qui puisse attirer quelqu'un. Il savait tout cela ; mais, en écoutant ces propos, il se prit à espérer, mais il avait besoin de comprendre. Rosie commença à expliquer. Pierrot. Francine. Elle n'était pas sûre, mais il ne fallait pas que ces deux-là se voient. Pourquoi ? Pierrot n'était pas sérieux, il faisait trop la fête avec ses copains. C'était un blagueur ; en société c'était peut-être bien, mais à la maison, pour tous les jours, il fallait du sérieux. Sans compter que ce n'était pas un bon parti.

– Dans sa famille ils n'ont rien, son père est obligé de gemmer les pins de l'administration.

Tandis que Bébert, c'était différent.

– Pff, moi c'est pareil, j'ai rien.

Mais si. Un jour, les soixante hectares seront à lui. Albert, à son mariage, avait cent hectares et, dans sa corbeille de mariée, Rosie en avait apporté quarante. Si Bébert acceptait d'entrer dans la famille Meyre, ça ferait deux cents hectares. Ainsi, ils deviendraient les plus gros propriétaires du village. Rosie s'y voyait déjà. Albert n'était pas mécontent de ce calcul. Avec des revenus sur tous ces hectares, si on se débrouillait bien, on pourrait peut-être faire bâtir une maison neuve. Celle qu'ils habitaient venait de leurs parents qu'ils tenaient eux-mêmes de leurs parents. Elle était très bien entretenue, mais, pour deux couples, ce serait juste. Plus tard, il faudrait aussi s'occuper de Simon. Et puis Rosie espérait bien être grand-mère. On pourrait même acheter une voiture plus récente. Peugeot venait de sortir un modèle plus plaisant que la 202 d'Albert. Bébert n'avait pas le permis ? Tiens, on lui offrirait !

Bébert, lui, était partagé entre deux options : ou c'était une blague, et il croyait bien ne pas pouvoir en rire, ou c'était une véritable proposition, et il n'en croyait pas ses oreilles.

Le dessert arriva. Rosie s'était décidément mise en frais. Elle apporta un massepain accompagné d'une crème à la vanille. Albert rapporta de la cave un blanc doux de Montprimblanc, qu'il achetait directement au propriétaire depuis des années. Un régal !

– Alors, dit Rosie, que penses-tu de notre idée ?

Après un temps de réflexion arrosé de vin frais, Bébert, en paysan prudent, pensa que c'était trop beau. Il avança, en baissant les yeux, qu'on lui cachait peut-être quelque chose, comme par exemple un ventre rond.

– Comment ! explosa Rosie, t'as pas confiance ? Tu crois que ma fille est une Marie-couche-toi-là ?

Albert eut peur de la cassure. Il prit la parole.

– Rosie, mets-toi à la place de Bébert. Il n'espérait rien et pensait rester vieux garçon. En bon paysan qu'il est, et je suis content de le constater, il est prudent. Quand on va au marché, il faut voir ce qu'il y a derrière les propos du maquignon. On ne traite pas les affaires à la légère. Et c'est justement pour ça que tu peux être rassuré Robert, Rosie et moi on ne veut qu'une chose, le bonheur de notre fille. On ne doit pas se marier sur un coup de tête, ça se prépare, et c'est ce qu'on est en train de faire. Il faut que notre Francine soit bien mariée. Avec toi, on sait qu'elle le sera, c'est tout.

Rosie approuva les paroles de son mari. Pour une fois qu'il parlait, il avait été parfait.

– C'est bien beau tout ça, dit Robert, moi je veux bien pardi. Francine est jolie, toute jeune, mais elle qu'est-ce qu'elle en pense ?

– Elle en pensera ce qu'on en pense : du bien.

– Et si c'est le contraire, si elle aimait Pierrot ?

Rosie éclata de rire. Comme si sa fille savait ce que c'était qu'aimer. Qu'elle se soit amourachée de Pierrot, peut-être, mais le premier amour, même s'il est joli, ça ne veut rien dire. Le mariage, c'est du sérieux. Ce n'est pas qu'une question de fesses, parce que ça, ça ne dure pas longtemps. Après, on est tout surpris de la réalité. Quand le porte-monnaie est vide et que les enfants pleurent, c'est trop tard. Ce n'est pas ce qu'ils souhaitaient pour leur fille. Là, avec deux cents hectares, on pourrait voir venir. De toute façon, si Francine était un peu revêche à cette idée, elle finirait par comprendre où était son intérêt. On ne vivait pas d'amour et d'eau fraîche, Francine n'était pas stupide à ce point. Rosie affirma qu'elle convaincrait sa fille. Elle trouverait les mots pour ça. Bébert avait quand même une inquiétude :

– Si elle aime Pierrot, et qu'il passe tous les jours porter le courrier, il faudrait pas qu'à force...

– Il ferait beau voir. De toute façon, dit Rosie avec un air mystérieux, un facteur, ça se déplace.

– Facteur… auxiliaire, ajouta Albert en agitant le doigt.

– En plus, répondit Rosie. Et puis t'inquiète pas, on connaît du monde.

La gnole sur le café scella l'entente. Si tout se passait comme prévu, à l'automne prochain, après l'amasse, Francine Meyre s'appellerait Francine Loubaney.

Robert rentra chez lui les mains propres, l'estomac plein et le vin à la tête. Son air ravi surprit Simon. Ce soir-là, son fils avait l'air plus neuf que d'habitude.

Chapitre 6

PIERROT ÉTAIT FOU DE RAGE. Maintenant il en était sûr, Francine avait raison, sa mère se doutait de quelque chose, sinon elle ne l'aurait pas envoyée chez les cousins aussi rapidement. Quand il avait apporté la lettre vendredi, il avait bien vu le tampon de Cussac, mais n'avait pas imaginé ce que c'était. Ils avaient fait vite pour l'envoyer. Mais s'ils s'imaginaient qu'une séparation de dix jours allait changer quelque chose, ils se trompaient. Et le regard ironique de Bendoutch ce matin, que voulait-il dire ? De quoi se mêlait-il ce malpropre ? Dans sa colère, il chercha le moyen d'aller voir Francine. Il n'avait pas de voiture, ne pouvait pas se faire porter par un copain ou par le Parigot qui faisait taxi au village, le soir, tout le monde le saurait. Il eut soudain une idée. André lui prêterait sa moto sans problème. Il lui avait expliqué rapidement son fonctionnement, et l'an dernier, le temps d'une tournée, il l'avait pilotée. Seulement, il avait oublié de demander comment s'arrêtait ce fichu engin. Pierrot avait donc improvisé. Il klaxonnait en arrivant devant les maisons et criait : c'est le facteur, je ne peux pas m'arrêter ! et il jetait le courrier. En revenant chez André, celui-ci lui cria comment faire pour s'arrêter, et il finit par stopper la machine.

Pour demain, il demanderait donc à André de lui rendre ce service.

Vers quatorze heures, il prit la moto, passa discrètement devant chez Albert, vit le garage fermé et en conclut que les Meyre resteraient chez eux aujourd'hui. Tant mieux ! Il prit la direction de Cussac ; dans une heure, il y serait. Une fois là-bas, il faudrait trouver un moyen de rencontrer Francine.

En arrivant à Cussac, il se mit en devoir de chercher les cousins des Meyre. Il connaissait leur nom. Le meilleur centre de renseignements était sans aucun doute le bar en face de l'église.

– Je cherche monsieur Lartigues.

– C'est qu'il y en a plusieurs ici.

– Ah !... il a des vignes.

– Ils en ont tous.

Ça commençait mal. Il se rappela tout à coup d'un détail qui avait son importance. Celui qu'il cherchait boitait légèrement.

– Ah, vous cherchez le « Tort ». C'est Jean Lartigues du château la Rivière.

– Il a un château, dit Pierrot un peu surpris ?

– Une grosse maison, sans plus. Vous allez vers Lamarque, c'est la première route blanche à gauche, après celle du Fort-Médoc.

Après avoir remercié, Pierrot partit vers Lamarque. À quelques centaines de mètres du bourg, il trouva la route. Il n'osa pas y aller directement. Que dirait-il ? Comment se présenterait-il ? La route du Fort-Médoc était juste avant, il décida de l'emprunter.

Arrivé devant une porte imposante, il posa sa moto contre le parapet du pont sur les douves. Il entra dans ce fort énorme, construit par Vauban, et dont il ne restait que des ruines. Personne ne s'en occupait, et il avait même été mis en vente sans succès. Pierrot se promena au milieu d'anciens chemins, jusqu'à un point où il dominait la Gironde : c'était magnifique. En face de lui, une île masquait l'autre rive. On découvrait la largeur imposante du fleuve et on devinait Blaye. Depuis le bec d'Ambès, en amont, à l'endroit où la Dordogne venait s'ajouter à la Garonne, le fleuve s'appelait la Gironde. Ici, on disait la rivière, comme pour garder plus intime ce large fleuve, et lui sortir de l'importance pour mieux l'apprivoiser. À droite et à gauche du promontoire où était Pierrot, les vignes étalaient le vert de leurs feuilles, mélangé au rouge sombre, virant au bleu foncé des lourdes grappes. Au pied de chaque rang, le traditionnel rosier, qui décorait sans doute, mais avertissait par le blanchiment de ses feuilles qu'il fallait traiter contre le mildiou En quelque sorte, c'était un rosier baromètre.

Pierrot se tourna vers l'endroit où devaient se trouver, d'après les explications du cafetier, les vignes du Tort. Il découvrit à une centaine de mètres une grosse maison bourgeoise, face à la rivière, entourée de chais et de hangars. Apparemment, les vendanges n'étaient pas commencées. Des barriques étaient alignées devant ce qui semblait être le chai. Francine devait être par là. Comment la voir sans éveiller les soupçons ? Une idée lui traversa l'esprit. Avant d'arriver à Cussac, en regardant sur le bord de la route, il avait vu plusieurs noms de château. Après s'être penché sur la roue avant de la moto, il l'enfourcha et partit délibérément vers le château la Rivière. Il emprunta le petit chemin blanc et se retrouva dans la cour. Son cœur battait à tout rompre. Un homme, en le voyant, s'approcha. Il boitillait.

– Monsieur ?

– Excusez-moi, je cherche le château Cruchon.

– Vous faites fausse route, c'est du côté opposé.

Le Tort commença à lui expliquer la direction, le chemin à prendre. Pierrot le remercia et voulut repartir quand, tout à coup, il s'aperçut que la roue avant de la moto était dégonflée.

– Pardon de vous déranger encore, vous n'auriez pas un gonfleur par hasard ? Je crois que j'ai crevé.

Pierrot se dit que s'il avait dégonflé la roue pour rien, il serait bien ennuyé.

– J'ai un gonfleur à pied pour la charrette, ça devrait aller.

À ce moment-là, celle qui vraisemblablement était la femme du patron vint voir ce qui se passait. Derrière elle, Francine. En voyant Pierrot, elle devint écarlate. Ne sachant pas quelle attitude adopter, il finit par dire :

– Mais... mais c'est Francine.

– Vous la connaissez ?

– Bien sûr. C'est la fille d'Albert et de Rosie.

– C'est une petite-cousine à ma femme. Elle est là pour les vendanges, mais où l'avez vous connue ?

Sans hésiter, Pierrot répondit :

– Je suis le facteur de son village.

– Alors c'est vous qui leur avez porté ma lettre vendredi dernier.

– Sans doute, dit Pierrot.

Jean Lartigues rapporta un gonfleur qui s'adaptait sans problème. La roue regonflée, Pierrot remercia et voulut partir. Marie-Jeanne Lartigues, sentant confusément aux regards que se portaient ces jeunes que ce garçon n'était peut-être pas là par hasard, lui proposa d'entrer cinq minutes. Il accepta aussitôt, ce qui confirma ses pensées. Ils traversèrent la maison, pour se retrouver sur une petite terrasse dominant les vignes qui descendaient jusqu'à la rivière. L'endroit était très beau. Une paix extraordinaire se dégageait de ces lieux. Le cœur des amoureux battait fort. Hélas, ils devaient rester discrets.

À la demande de Marie-Jeanne, Francine avait apporté des biscuits secs, qu'elle avait rangés sur une assiette. Jean Lartigues sortit une bouteille de sa cave, un cru la Rivière 1947. Encore un peu jeune, il promettait beaucoup, l'année ayant été déclarée année exceptionnelle. On parla de tout et de rien. De la préparation de la vendange. De la maturité du raisin. Des cousins qui avaient eu la gentillesse de leur envoyer Francine, malgré l'amasse en cours. Pierrot les rassura, Robert Loubaney, un voisin, les aidait pendant toute la semaine.

– Bébert, le fils de Simon ?

– Lui-même.

– J'espère qu'il se lave les mains avant de se mettre à table, dit Jean Lartigues en riant.

– Ne t'inquiètes pas cousin, ma mère veillera au grain.

Le temps passait et Pierrot dut songer à partir. Au fait, pourquoi cherchait-il le château Cruchon ? Ben... c'est-à-dire que... des amis voulaient acheter du vin pour les fêtes de fin d'année et il avait entendu dire que le vin de ce château était bon. Mais maintenant que le hasard l'avait amené ici, il aimerait mieux faire affaire au château la Rivière. On s'entendit sur les prix en fonction de la quantité et on promit de se revoir. Francine se demandait bien comment Pierrot allait acheter tout ce vin. Il lui tardait d'être seule pour en rire. Aux regards qu'ils eurent en se séparant, Marie-Jeanne comprit qu'elle ne vendrait pas son vin à Pierrot, que cette visite n'était qu'un prétexte. Elle ne s'en offusqua pas, sourit, sa jeunesse lui revint en mémoire.

Francine, depuis un moment, avait trouvé de la couleur à la maison qu'il y a deux jours elle avait vu grise.

Chapitre 7

LORSQUE BÉBERT, après une nuit de sommeil et de rêve, avait annoncé à son père qu'il allait sûrement se marier, celui-ci pensa qu'il perdait la raison. Quand, en plus, il lui dit avec qui, Simon en fut persuadé, Bébert allait mal. Comment pouvait-il inventer des choses pareilles ? Il fallut toutes les explications de celui-ci pour qu'il commence à comprendre.

– Dis donc Robert, à ta place, j'en parlerai quand Francine aura donné sa réponse. Parce qu'elle a encore rien dit. Tu sais, les femmes, ça sait ce que ça veut, et si c'est Pierrot, ce sera Pierrot.

Bébert approuva. Mais il faisait confiance à Rosie. Elle était sûre de son coup. Elle maîtrisait la situation, ce n'était que le début d'une amourette, elle en ferait son affaire et persuaderait sa fille. Et puis, il valait bien ce facteur, non ?

Simon sentit confusément que tout ne pourrait pas se passer aussi bien que prévu. Il tenta d'expliquer à son fils qu'il était content pour lui, mais quand même, s'il y avait quelque chose entre Francine et Pierrot, ce serait ennuyeux. Même si le mariage se faisait, Pierrot porterait toujours le courrier au village, et un jour ou l'autre… ! Bébert le rassura. Albert et Rosie connaissaient du monde haut placé, et ils lui avaient dit qu'un facteur, ça se déplaçait sans problème, alors pas de crainte.

Le matin, Bébert partit en sifflant travailler chez les Meyre. En le voyant passer, Ariste fut surpris de cette bonne humeur. Son allure habituelle de balancier de pendule en mouvement paraissait atténuée.

– Dis donc, Bébert, t'as l'air en forme ce matin.

– Ça va, ça va.

La curiosité d'Ariste s'aiguisa.

– C'est Albert et Rosie qui te mettent dans cet état ?

Bébert se raidit.

– Parce que moi, j'ai pas le droit d'être heureux ?

– Fichtre si, mais comme c'est pas souvent que tu siffles.

– À partir de maintenant, ce sera plus souvent Ariste. Faudra t'y faire.

Et il continua sa route.

Ariste resta stupéfait. Il se passait quelque chose. Ce n'était pas possible autrement. La vie des Loubaney était simple, sans histoire, pas de raison de dramatiser, mais pas de raison non plus de rire. Simon vivait simplement, Bébert commettait quelques excès et ne connaissait pas trop ses limites, et avec son père ils n'attendaient rien de la vie qui s'écoulait sans surprise. Aussi, cette bonne humeur soudaine était curieuse, car d'habitude « Ben-doutch » avançait lentement, courbé, le nez en avant, sans dire un mot et sans sourire, un ours parfait, et là il était tout sourire, et Ariste avait senti le coup de griffes prêt à sortir dans sa réponse. À coup sûr, il se passait quelque chose d'insolite chez les Loubaney.

Lorsque Raoul passa porter le pain, Ariste l'attendait au portail.

– Adieu Raoul.

– Adieu Ariste. Trois miches comme d'habitude ?

– Trois miches.

Raoul fit le tour de sa voiture, ouvrit la porte de derrière, prit le pain. Ariste lui demanda si ce matin il avait vu Simon et comment il l'avait trouvé.

– Comme d'habitude, pourquoi ?

– Pas plus gai, plus content ?

– Tu l'as déjà vu gai celui-là ?

– Tu sais, depuis que sa femme est morte.

– Peut-être, mais tu sais comme tout le monde qu'il fricote avec Paulette. Qu'est-ce qu'il attend pour la prendre avec lui, elle est libre.

– Elle est surtout libre de refuser de devenir la bonne. Mais tu as peut-être raison..., c'est sûrement ça.

– Quoi, ça.

Ariste lui raconta la bonne humeur inhabituelle de Bébert. Il ne pouvait pas en être autrement, il se passait quelque chose chez les Loubaney. Alors, c'était peut-être Paulette. Si c'était ça, Bébert devait se dire qu'il mangerait mieux tous les jours, et ça le rendait joyeux.

– Dis donc Ariste, tant qu'on en est aux nouvelles du village, tu aurais pu me dire que la fille d'Albert avait un galant.

– Couillon, c'est que je le savais pas. T'en es sûr ?

– C'est mon fils qui me l'a dit. Suzy, la copine de Francine, lui en a parlé, et dimanche dernier il l'a vu sortir du chemin du bois de Jeanton avec un garçon après le match de football.

– Non de Dieu ! si Rosie apprend ça, dit Ariste en riant, elle qui couve sa fille, va y avoir du sport.

– Tu me demandes pas qui c'est le galant ?

– Je ne te le demande pas parce que je sais que tu vas me le dire.

– Tu as raison, je vais te le dire. Tu ne veux pas t'asseoir ?

– Aïe aïe, qui c'est ?

– Tu le connais bien. Très bien même, et tu le vois souvent. Presque tous les jours.

– Bébert ?

Ils éclatèrent de rire. La farce était bonne.

– C'est peut-être pour ça qu'il sifflait.

– Allez Raoul, ne m'amuse pas. Dis-le-moi.

– C'est... monsieur... Pierre Lespiaud.

– Le facteur ! Ah l'animal, je comprends mieux maintenant. Ça fait une bonne quinzaine de jours qu'il ne s'arrête même pas boire un coup et qu'il passe avec au moins une demi-heure d'avance. Je me demandais ce qu'il se passait. Le morpion, c'était donc ça.

Ils furent contents pour lui. Il saurait rendre Francine heureuse. En plus il avait de la chance, elle était jolie, gentille et, d'après sa mère, une excellente cuisinière. En plus, Albert pourrait se faire aider par son gendre aux pins l'après-midi. Tout paraissait rose.

Raoul parti, Ariste vit arriver Ulysse, qui venait de tuer un beau lièvre grâce à Finette. Elle frétillait comme une orgueilleuse. Posant le pain sur la table de la cuisine, il partit à sa rencontre pour lui annoncer la nouvelle : le facteur était amoureux. Quand Ulysse eut appris de qui, il fut agréablement surpris. Il aimait bien la petite. Gentille, dévouée, travailleuse. Mais en sage qu'il était, il souhaita vivement que Rosie soit d'accord, sinon !

– Va donc savoir comment finira l'histoire.

Vers midi et demi, Pierrot donna le journal à Ariste :

– Ça va Ariste ?

– Ça va, mais ça irait encore mieux si tu buvais un coup avec moi, ça fait quinze jours que tu me fais la gueule.

– Rassure-toi, je ne te fais pas la gueule. Mais aujourd'hui, j'ai le temps, je veux bien en boire un.

Marie faisait cuire un petit salé aux lentilles, qui embaumait la pièce ; du coup, Pierrot donnait des petits coups de nez en l'air, faisant mine de renifler. Ariste, en apportant les verres et la bouteille de vin blanc, voyant son manège, lui proposa de rester déjeuner.

– À moins que tu n'aies pas le temps.

Pierrot regarda la pendule. Il lui restait quatre clients. Dans une demi-heure il pouvait être de retour ici. Pourvu qu'il soit revenu au bureau de poste vers deux heures et demie, ce serait parfait. Il accepta l'invitation. Ariste riait dans sa barbe.

Une demi-heure plus tard, tout le monde se mettait à table.

En mangeant la soupe de lentilles, ils parlèrent de tout et de rien. Du beau temps. Les pins avaient bien donné cette année. Ariste dit que la semaine prochaine, pour la foire de la Sainte-Croix à Sainte-Hélène, il achèterait sûrement une vache. Sa meilleure laitière vieillissait, il faudrait bientôt la vendre. Pierrot pensait y aller lui aussi. Il n'avait rien de particulier à y acheter, mais il irait, comme beaucoup de monde, par habitude. On ne sait jamais, l'occasion faisant le larron, il rapporterait peut-être quelque chose. Et puis à cette foire, on retrouvait des cousins, des amis, et c'était une occasion de rencontre autour d'un verre de pineau. Suivirent des banalités :

Tiens, Ulysse avait tué un lièvre.

Le petit salé était délicieux.

Le rouge du cousin de Magudas aussi.

– Au fait, dit Ariste, ce matin, quand je suis passé devant la maison, j'ai entendu Bébert qui sifflait. Tu te rends compte ?

– J'arrive de chez Albert, il les aide à terminer l'amasse, il mange avec eux. Depuis le petit chemin, je les entendais rire aux éclats. Ils ne m'ont même pas entendu arriver. J'ai laissé le journal sur la table de dehors.

– Bébert les aide, Francine ne leur suffit plus ?

– Elle est chez ses cousins de Cussac pour les vendanges.

– Tiens, qu'est-ce que ça veut dire ?

– Ça veut dire que les cousins de Cussac avaient besoin d'aide.

– Non, pas ça. Tu me dis qu'ils riaient, et lui, ce matin, il sifflait. Alors je me dis : qu'est-ce que ça veut dire.

C'était vrai que le rire chez les Meyre n'était pas une spécialité. Le caractère autoritaire de Rosie acceptait mal la plaisanterie, et du coup elle ne riait pas souvent. Et puis Francine chez les autres quand on a du travail chez soi, c'était curieux. Curieux, mais pas risible. Ou alors ils riaient parce qu'ils avaient joué un bon tour à quelqu'un.

Pierrot se raidit un peu.

À qui ? Et quel tour ?

– Ça avait sûrement un rapport avec Francine, conclut Ariste, qu'est-ce que tu en penses ?

– Comment veux-tu que je sache.

– Le boulanger m'a dit que le bruit courait au bourg que Francine avait un galant.

En pelant sa pomme, du coin de l'œil, Ariste crut voir Pierrot rougir légèrement.

– On l'aurait vu il y a un dimanche ou deux sortir du chemin du bois de Jeanton, avec un garçon, tu te rends compte ?

Pierrot n'était pas rouge, il était vert.

– ... mais on ne sait pas qui c'est. Et puis ce n'est pas parce qu'on se cache dans une forêt qu'on fait quelque chose de mal. D'autant que ce mal-là, il ferait plutôt du bien. Enfin, j'espère pour elle que c'est un garçon bien, sinon la pauvre...

Pierrot n'avalait plus. Ne parlait plus. Il s'attendait à ce qu'un jour cette histoire se sache, mais il espérait que ce soit le plus tard possible. Ils vivaient avec leur secret. Un secret si doux : je t'aime, tu m'aimes. C'était neuf, mais si beau. Alors voilà que parce que quelqu'un les avait vus sortir d'un chemin, les gens jasaient. De là à dire que Francine était une fille facile, il n'y avait qu'un pas. Il pensa avec tristesse à la réputation de Françoise. Il n'avait donc pas le choix, il fallait qu'il le dise à Ariste. Il le regarda droit dans les yeux :

– Ariste, je connais celui qui aime Francine et que Francine aime.

– Ah bon ?

– C'est moi.

Après un court silence, Ariste reprit :

– Je le savais Pierrot. Raoul le boulanger me l'a dit ce matin. Je comprends maintenant pourquoi tu étais en avance le matin depuis quelque temps, c'était pour essayer de la voir. C'est bien de me l'avoir dit. Et si je suis le premier à qui tu le dis, tu me fais de l'honneur. Je t'ai toujours estimé Pierrot, tu mérites d'être heureux, et Francine est jolie. Seulement, elle est à Cussac, et j'ai bien peur que ce soit à cause de toi. Rosie ne doit pas partager ma joie. Qu'est-ce que t'en penses ?

Pierrot pensait comme lui. Il était inquiet, Rosie ne devait pas apprécier. Elle paraissait d'ailleurs très contrariée.

– Et cette andouille de Ben-doutch qui rigole.

– Il n'est pas bien dangereux, si ça se trouve il rit sans savoir pourquoi.

Pierrot ne savait que faire. Avec Francine, ils s'aimaient depuis peu, mais savaient déjà que c'était sincère. Est-ce qu'il devait aller voir Albert et Rosie pour leur dire qu'il aimait leur fille ? Qu'il souhaitait se marier ?

– Ne va pas trop vite en besogne.

– D'accord, mais tu connais Rosie. Francine n'a que dix-huit ans, elle n'est pas majeure. Si les parents sont contre moi, le mariage n'est pas pour demain.

– Pierrot, dans la vie, il faut de la patience. On ne gagne qu'avec ça.

De la patience, Pierrot en eut toute la semaine. Elle lui parut interminable.

Francine, avec le travail des vendanges, ne vit pas trop passer le temps. C'est avec une vraie joie que le dimanche matin elle vit ses parents venir la chercher. Le repas de famille fut très agréable. Au moment de partir, le cousin Lartigues dit :

– Vous transmettrez notre bonjour à votre facteur.

Rosie fut clouée sur place. Albert demanda faiblement :

– Tu le connais ?

– Bien sûr. Un gentil garçon. Il est venu par hasard dimanche dernier. Il s'était trompé de château, il cherchait Cruchon. Du coup, je vais sûrement lui vendre du vin.

Marie-Jeanne vit la tristesse de Francine et la colère rentrée de Rosie. Elle comprit à quoi elle devait cette aide de la semaine. Elle eut mal pour la petite et la serra très fort dans ses bras en lui glissant à l'oreille :

– Ma chérie, quoi qu'il arrive, tu es ici chez toi. Reviens quand tu veux.

Le retour de Cussac fut lugubre.

Chapitre 8

ARRIVÉS AU VILLAGE, Rosie explosa.

– Alors comme ça tu reçois des visites. Que vont penser les cousins ?

– Mais, maman...,

Rosie coupa la parole à sa fille.

– Il n'y a pas de mais. Il cherchait Cruchon le menteur, il te cherchait toi. Tu crois que je n'ai pas vu votre manège depuis la fête de l'étang ? C'est honteux.

Francine essaya d'expliquer. Elle aurait voulu dire, parler, mais…

– Me parler de quoi ? De qui ? De ce godelureau qui court après toutes les filles en leur faisant croire n'importe quoi ?

Francine eut un instant de révolte. Pierrot ne courait pas après toutes les filles. Et puis peu importe qu'il avait couru, maintenant il l'aimait à elle, Francine.

– Ah s'il t'aime, ça change tout, dit Rosie avec le sourire.

La confiance effleura Francine. L'espoir revint.

– Il t'aime, et je suis sûre qu'il veut t'épouser.

Francine sourit. Oui. Sa mère avait compris, elle était rassurée. C'était cette visite inopportune à Cussac qui l'avait mise en colère. C'est alors que Rosie reprit de plus belle.

– Mais tu ne vois donc pas, pauvre gourde, qu'il vise ta propriété ? Ce n'est pas d'un amour dont il a besoin, c'est d'un pigeon. Et toi, tu fais l'affaire.

Rosie sortait de ses gonds, elle montrait ses griffes : la lionne était prête à bondir. On en voulait à sa progéniture par intérêt, pas question. Elle avait d'autres projets pour sa fille, et ce n'était pas le facteur. Albert était figé au bout de la table. Francine lui jeta un regard de détresse, il ne la vit pas. Ne voulut pas la voir. Elle était pétrifiée. Elle réussit pourtant à dire :

– Maman, j'aime Pierre et Pierre m'aime.

– Mais qu'est-ce que tu sais de l'amour. Hein ? Tu crois que c'est se regarder dans le blanc des yeux toute une vie ? C'est autre chose, et ça je vais te l'apprendre. Alors écoute-moi bien Francine, tu vas oublier Pierrot parce que je suis sûre que lui il t'oubliera très vite. Et là, tu me remercieras.

Livide, Francine regardait sa mère sans pleurer, ses yeux criant de désespoir étaient secs. Elle voulait crier à sa mère son bonheur. Elle avait envie de lui dire : « Tu vois maman, je ne suis plus une petite fille, je suis devenue femme. J'aime et je suis aimée. » Toute cette première joie de femme à partager avec son père et sa mère. Tout l'amour d'un premier amour à crier. Du bonheur à distribuer à tout le monde. Et contrairement à ça, à cause de cette mère à qui elle croyait faire plaisir en partageant son bonheur, et qui disait non, provoquait chez elle une dose de peine à étouffer le plus solide. Francine se sentit descendre dans un puits dont elle ne voyait pas le fond, avec une douleur qui lui tordait les tripes. À croire que Rosie n'aimait pas sa fille. Ne voulait pas la voir heureuse ? Elle trouva mille raisons pour que Pierrot soit un bon à rien. Elle ferait le bonheur de sa fille malgré elle. De toute façon, affirmait-elle, le premier amour, ce n'était pas de l'amour. Les sentiments s'exerçaient juste. Pour voir. Pour savoir, il fallait attendre.

– De toute façon, conclut Rosie, tu n'es pas majeure. Alors c'est inutile de discuter.

Francine partit se coucher sans manger. Sans dire bonne nuit, les mots ne sortaient plus. Une fois au lit, doucement, avec tendresse, elle pleura sur Pierrot.

Le lendemain, la séparation s'organisa. Albert fabriqua une boîte à lettres qu'il installa au bout du petit chemin qui menait de la route à la maison, ainsi on pourrait recevoir le courrier sans voir le facteur. Le petit portail, toujours ouvert, fut fermé. Pierrot, voyant ce barrage, fut surpris. Inquiet même. Il craignait que ce ne soit pas facile, ce serait très dur. Il exprima ses craintes à Ariste.

– Tu vois, je t'avais dit qu'il te faudrait de la patience.

Peut-être que ça n'a rien à voir avec Francine et lui, mais il trouvait cette attitude curieuse. Pour savoir, Pierrot devait rencontrer Francine très vite.

– Comment faire ? Si c'est à cause de moi, Rosie va la mettre sous surveillance absolue.

En portant le courrier, Pierrot espérait voir ou entrevoir Francine. Hélas rien. Un matin, où Albert était dans le jardin, en mettant le journal dans la nouvelle boîte à lettres, Pierrot lui dit :

– Et alors Albert, qu'est-ce qui se passe, tu fermes le portail maintenant ?

– J'ai peur des voleurs, répondit-il sans lever la tête de son ouvrage.

L'imagination de Pierrot fut à son comble. Il pensa que Françoise devrait peut-être rencontrer Francine. Au bourg, cet après-midi, il essaierait de la trouver.

Il la vit qui sortait de l'épicerie. Tout en restant sur leur bicyclette, ils s'adossèrent à la grille du jardin du presbytère qui était juste en face. Pierrot parla de ses craintes. Il fallait à tout prix qu'il sache. Étant donné la situation, il ne pourrait sûrement pas ; par contre, si Françoise voulait bien. Oui, elle se débrouillerait. Sans savoir pourquoi, elle avait envie d'aider cet amour à se réaliser. Au premier coup d'œil, elle avait vu qu'ils s'aimaient d'amour. L'amour ! Est-ce qu'elle saurait vraiment un jour ce que c'était ? Ses amours à elle ne duraient que peu de temps. Les garçons qu'elle rencontrait lui plaisaient l'espace d'un flirt, d'une ou deux nuits. Son cœur avait du mal à suivre, seul son corps semblait s'enflammer. L'idéaliste qu'elle était et qui papillonnait à s'en briser les ailes promit son aide. Il fallait qu'elle rencontre Francine pour l'informer de la reprise des cours ménagers ; demain après-midi, elle irait la voir.

Francine était seule quand Françoise arriva chez elle. Sa mère lui avait confié du linge à repasser. Elle terminait l'amasse avec Albert ; à deux, ça suffirait. Dès qu'elle la vit, Francine éclata en sanglots. Françoise comprit aussitôt que les craintes de Pierrot étaient fondées. Elle la calma comme elle put. Francine, calmée, raconta la colère de sa mère provoquée par la visite de Pierrot à Cussac et la scène épouvantable du dimanche soir ; l'interdiction de revoir Pierrot, ce n'était pas un garçon pour elle.

– Tu te rends compte.

– Que lui reproche ta mère ?

– Elle prétend qu'il ne m'aime pas, qu'il cherche un pigeon, pas un amour, que je ne sais pas ce que c'est qu'un amour. Mais ce qui m'inquiète le plus, elle affirme qu'elle a d'autres projets pour moi.

– Quels projets ?

– Je ne sais pas.

– Et ton père ?

– Il ne dira rien, il la craint trop.

Francine mourait d'envie de voir Pierrot, mais comment faire ? Sa mère ne la laisserait jamais sortir seule. Elle était tellement méfiante qu'elle était capable de minuter toutes ses sorties.

– Et les cours de l'école ménagère, dit Françoise, tu ne pourrais pas trouver le temps avant ou après ?

Pas sûr, ils avaient des horaires réguliers facilement contrôlables. Elle serait obligée de rentrer aussitôt sous peine de sanctions. Bien sûr, Françoise se chargerait de faire passer des petits mots, mais ça ne remplacerait pas les instants de bonheur qu'ils pourraient avoir ensemble. Francine, dans un sanglot, demanda à Françoise de dire à Pierrot tout son amour et sa tristesse.

Françoise trouva Pierrot sur le chemin du retour. Impatient, il était venu à sa rencontre. Elle lui raconta tout. Il était stupéfait. Abasourdi. Comment Rosie pouvait parler de lui en ces termes ? Comment pouvait-elle juger indécent l'amour qu'il portait à sa fille ? Comment pouvait-elle faire des projets à la place de sa fille ? Il savait bien que dans ces campagnes où la vie était encore dure ceux qui avaient un peu de propriété faisaient attention à tout, comme à ne pas couper en deux une propriété. Il avait en mémoire le mariage célébré entre deux cousins du village voisin pour éviter un partage. Quelle honte ! avait-il alors pensé. Son père lui avait expliqué que pour eux il n'y avait pas de honte, c'était un simple calcul pour les biens de la famille. Leurs parents et leurs grands-parents avaient souffert. Ils avaient ensemencé ces grandes landes où l'élevage des moutons arrivait à peine à nourrir la famille, alors on ne pouvait pas, sous prétexte d'amour, briser ce que deux ou trois générations avaient eu un mal fou à créer. Les mariages étaient donc des mariages de raison. À croire que les mariages d'amour étaient des mariages fous. Pierrot ne supportait pas cela. Qui pouvait dire que Francine et lui se trompaient ? Qui pouvait décider pour eux ? On n'installe pas l'amour dans le cœur des gens d'une décision logique. D'un souhait des parents. Pierrot était conscient qu'il ne ferait pas changer à lui seul le cours des choses, mais personne, non personne n'arriverait à lui interdire d'aimer Francine. En passant tous les jours devant chez elle, il finirait bien par trouver Albert et Rosie, et là il finirait bien par les convaincre. Il aimait tellement leur Francine qu'ils ne pourraient qu'en être heureux pour elle.

En l'écoutant parler avec une tendresse inhabituelle pour un homme, Françoise était émue. Elle n'avait jamais rencontré des sentiments d'une telle force. Elle avait compris, en les voyant danser le premier soir, qu'ils étaient faits l'un pour l'autre. Tout en aimant Francine comme une sœur, elle la jalousa un peu.

Chez les Meyre, l'ambiance était terne et les conversations rares. Francine vaquait à ses occupations sans conviction, mais Rosie ne s'inquiétait pas pour autant. Ça finirait par lui passer. Le temps, toujours le temps, qui arrange les choses. Le samedi midi, Albert annonça que demain, dimanche quatorze septembre, fête de la Sainte-Croix, ils iraient à la foire à Sainte-Hélène. Les marchands de toutes sortes y venaient nombreux ; du coup, on y trouvait tout ce que l'on pouvait désirer. Albert voulait s'acheter une paire de bottes, des sabots et un ciré. Rosie espérait trouver un ou deux tabliers de travail, peut-être une fantaisie pour la maison. Ils feraient aussi provision d'ail, d'échalotes et d'oignons pour faire la jointure jusqu'à la prochaine récolte. C'était aussi le rendez vous de tous les maquignons du Médoc, qui venaient présenter et vendre leurs vaches et même des jeunes cochons à engraisser cet hiver. Ils partiraient le matin. Pendant que Rosie et Francine iraient à la messe, Albert retrouverait sur le champ de foire des connaissances pour parler bétail, il n'en avait pas, mais ça n'empêchait pas l'intérêt. Comme il faisait beau, le midi ils casseraient la croûte dans un coin du champ de foire. Ah, Albert allait oublier, ils emmèneraient Robert Loubaney.

– Bébert ? s'écria Francine.

– Oui, pourquoi ?

– Il sent mauvais et le soir il sera saoul.

– La transpiration d'un travailleur ne sent pas mauvais, dit Rosie. Pendant les huit jours qu'il a passé ici, il se lavait les mains régulièrement.

– Et si on peut plus boire quelques coups les jours de foire, ajouta Albert, alors, c'est la fin de tout.

Francine ne comprenait plus ses parents. Ils n'avaient jamais critiqué systématiquement Bébert, mais ils l'appelaient quand même Bendoutch de temps en temps en se moquant. Ils ne fréquentaient pas plus que ça Simon Loubaney, entretenant juste de bons rapports de voisinage, sans plus. Ce discours était pour le moins curieux. Rosie sentit que sa fille se posait des questions.

– Tu sais, il ne faudrait pas grand-chose pour que ce garçon soit bien, dit-elle.

– Au moins, lui, il est désintéressé, conclut Albert en tournant les talons.

Francine ne reconnaissait plus ses parents. Depuis sa colère de dimanche soir, Rosie parlait curieusement. Un jour elle disait qu'ils vieillissaient, que le travail du gemmage était dur, que ce serait bien si quelqu'un pouvait les aider. Le lendemain, Albert pestait contre la longueur des fossés à curer, des semis à débroussailler, des clôtures à refaire, de la grange à rénover, et lui aussi aspirait à une aide efficace. Francine avait eu à plusieurs reprises l'envie de leur dire que Pierrot ne demanderait que ça, les aider. Elle n'osa pas, de peur de voir sa mère entrer dans une colère noire. Elle espérait qu'ils finiraient par accepter cet amour. Puis, à certains moments, elle se laissait abattre, se disant que sa mère ne fléchirait pas. Dans ces moments de tristesse, il lui semblait que l'avenir n'existait plus pour elle, et que le vide allait s'installer, qu'elle ne connaîtrait jamais dans les bras de Pierrot le bonheur qu'elle avait cru entrevoir. Dans ces moments, ses yeux se remplissaient de larmes.

De son côté, Rosie observait. Après sa colère de dimanche, elle avait failli dire à sa fille quel était son projet, mais s'en était dissuadée rapidement. Il fallait que Francine l'accepte, soit persuadée de son intérêt. Pour cela, il fallait absolument qu'elle oublie Pierrot et, actuellement, elle devait sûrement penser à lui à chaque instant. Le temps, toujours le temps, finirait bien par faire oublier. Alors avec Albert, ils avaient monté une stratégie. Dans un premier temps, faire sentir le besoin d'une aide. D'un bras sur lequel la famille pourrait compter. Les prétextes seraient nombreux. Ensuite, à des occasions précises, faire venir Bébert. De plus en plus souvent. Petit à petit, tout en surveillant Francine pour qu'elle ne voit plus Pierrot, celle-ci s'habituerait à la présence de Bébert. Alors, à ce moment-là, avec quelques phrases bien senties, l'idée du mariage ferait son chemin le plus naturellement du monde, et les soixante hectares seraient l'élément de choc. Et tout doucement, ils finiraient bien par s'aimer. D'ici là, Bébert s'arrangerait. Il serait plus propre. Plus net. Plus sociable. Plus sobre. Des enfants scelleraient cette union. Deux, pas plus. Les hectares peuvent éventuellement se diviser par deux, jamais plus, question de rentabilité. Dans la vie, il faut savoir ce que l'on veut.

Alors, seulement après, Albert et Rosie pourraient vieillir tranquillement avec le sentiment du devoir accompli. Quelle chance avait Francine d'avoir des parents qui s'occupaient d'elle comme ça. Elle se rendrait compte plus tard que ses amies n'avaient pas eu cette chance.

Leur plan était bon, bien construit, ils en étaient sûrs. Il ne pouvait plus maintenant y avoir de grain de sable.

La journée de foire de la Sainte-Croix à Sainte-Hélène leur apporta pourtant un énorme grain de sable.

Chapitre 9

Ce dimanche matin, tout avait bien commencé. À huit heures, presque propre, habillé d'un costume sentant la naphtaline, coiffé à peu près correctement malgré une raie pas très en ordre, Bébert arriva chez Albert. Rosie monta à l'arrière de la voiture, laissant Bébert s'asseoir devant.

En arrivant à Sainte-Hélène, il fallut trouver une place pour se garer. Route de Brach, un pré servait de parking. Le train en provenance de Bordeaux déversait ses passagers venant visiter la foire. Depuis huit heures, les voyageurs de la côte et du bassin étaient déjà là, et l'unique carrefour du village, envahi par les badauds, avait pris une importance de grande ville. Sur les trottoirs, depuis le petit matin, les marchands forains avaient déballé leurs marchandises de chaque côté de la route. Plus loin, sous les platanes, attachées à des chaînes fixées à de gros piquets de métal enfoncés dans le sol, pas moins de deux cents vaches beuglaient. Autour d'elles s'affairaient des hommes en blouse grise et coiffés d'un béret noir, un long bâton à la main avec lequel il piquait le cul des vaches qui bougeaient trop. Sous leurs yeux, d'éventuels clients tâtaient le bétail. Ils caressaient la croupe, regardaient l'œil, scrutaient les dents et proposaient un prix aux hommes en blouse qui, eux, en demandaient un autre, bien plus haut. À la proposition, ils partaient bras au ciel, en remuant la tête en signe de désaccord, revenaient, se fâchaient, repartaient, tout cela dans un ballet étonnant, allant de bourrades d'épaule en cris de désaccord. Puis, enfin, ils se réconciliaient sur un prix trouvé arrangeant pour tous, et après maints et maints coups de gueule la comédie se terminait par un « tope là » sonore, la main dans la main. Pas de papier. Pas de promesse écrite : la parole vaut l'homme, ou l'homme ne vaut rien et un paysan n'a qu'une parole.

Rosie et Francine laissèrent Albert et Bébert sur le foirail pour se diriger vers l'église afin d'assister à la grand-messe. Le soleil du matin traversait les vitraux très colorés du chœur. Celui de Sainte-Hélène portant la Sainte Croix semblait sourire à la fête. Presque tous les rangs de chaises étaient déjà pris par les enfants et les femmes. Autant pour les fêtes carillonnées les hommes venaient aux offices, le jour de la foire ils restaient sur le foirail, entre hommes. D'ailleurs, c'était l'heure sacro-sainte du casse-croûte ! Les ostréiculteurs venus du bassin d'Arcachon vendaient leurs huîtres à tour de bras ; plus loin, les entrecôtes cuisaient sur les sarments et le vin commençait à couler, alimentant les coups de gueule.

Après avoir rencontré les cousins de Carcans et discuté un moment avec eux, Albert rejoignit Bébert ; il discutait avec Alban, le maquignon. Au bout de l'allée, il vit Ariste. Il venait voir les vaches.

– Salut Ariste, t'as fait affaire ?

– Non. Je viens justement voir Alban pour ça.

Il regarda Bébert, siffla d'admiration :

– Putain... t'es bien beau aujourd'hui. T'es tombé dans ton armoire ?

Se tournant vers Albert, il dit en rigolant :

– T'as emmené ton homme de confiance ?

Bébert se crispa dans son costume naphtaliné. Albert sourit à la question.

– Tu sais Ariste, Bébert est ce qu'il est, mais on peut effectivement lui faire confiance. C'est pas un bon à rien comme certains. Et comme tu le dis si bien, il pourrait bien devenir mon homme de confiance.

Ils tournèrent les talons tous les deux. Ariste et Alban, stupéfaits, se regardèrent en éclatant de rire.

– C'est la meilleure, Ben-doutch homme de confiance d'Albert et de Rosie.

– Si ça continue, dit en rigolant Alban, ils vont lui donner leur fille en mariage.

À ces mots, Ariste cessa de rire. Il tourna plusieurs fois son béret sur sa tête :

– Nom de Dieu... nom de Dieu... nom de Dieu de nom de Dieu.

– Hé bé, Ariste, qu'est-ce qu'il t'arrive ?

– À ça alors... c'est pas possible... non, c'est pas possible.

– Oh, tu deviens fou ou quoi ?

– Tu peux pas comprendre Alban, tu peux pas comprendre.

Et il partit comme un fou à travers la foire, semblant chercher quelqu'un. Alban lui cria :

– Tu voulais pas une vache Ariste ?

– Si si. Tout à l'heure. Maintenant, il faut que je…

Le reste de sa phrase se perdit dans le bruit de la foule et le beuglement des vaches.

En sortant de la messe, Rosie acheta du pain, du saucisson, quelques huîtres et un pastis landais, ce délicieux gâteau au léger goût d'anis. Elle avait apporté de chez elle des œufs durs et du rôti de porc qu'ils mangeraient froid. Francine remplit une bouteille d'eau à la fontaine devant la mairie. Albert se débrouillerait pour le vin. Ils s'installèrent pour le déjeuner sur l'herbe, au fond du pré de Dumas, sur lequel avait lieu la foire.

Le repas terminé, Albert s'allongea dans l'herbe pour faire une petite sieste. Rosie était contente, Bébert se tenait comme il fallait, tout allait bien. Après avoir bu un dernier verre et s'être essuyé la bouche d'un revers de manche, il partit faire ses propres achats. Rosie et Francine attendaient qu'Albert se réveille pour aller faire les leurs. Ils se retrouveraient plus tard.

Quand il avait quitté précipitamment Alban ce matin, Ariste avait eu un affreux pressentiment. Les paroles d'Albert, suivies de la boutade d'Alban sur le mariage de Bébert avec leur fille, avaient fait naître chez lui une inquiétude. Ridicule certes, pensait-il, mais une inquiétude quand même. Tout se bousculait dans sa tête et pourtant tout s'ordonnait. Il lui semblait qu'une folle logique s'y installait. Elle lui parut grotesque. Non. Ça ne pouvait pas être ça. Il se trompait. Homme de confiance, ce n'étaient que des paroles stupides. Sans plus. N'empêche, il devait trouver Pierrot, il était sûrement sur la foire. Il fallait qu'il lui fasse part de tout cela. Réflexion faite, il marqua un temps d'arrêt. De quoi se mêlait-il ? Est-ce que cette histoire le regardait ? Non, pas du tout. Pierrot n'était rien pour lui, même pas un parent.

Cependant, il aimait beaucoup ce garçon, même s'il ne lui avait jamais dit. Lorsque Pierrot lui avait annoncé qu'il était amoureux de Francine, il en avait été très content. Pierrot n'avait pas dû comprendre pourquoi Ariste était heureux d'avoir été le premier à être mis au courant. À l'annonce, les souvenirs étaient remontés à sa mémoire. Après la mort rapide de leur enfant, la vie avait repris le dessus. Ariste était copain de Paul, le père de ce petit bout de chou qu'était Pierrot, et à l'occasion des visites amicales le gamin le faisait sourire et rire alors qu'il n'en avait pas envie. Aussi, il avait beaucoup d'affection pour lui. Alors maintenant, après tout tant pis si on lui disait qu'il s'occupait de ce qui ne le regardait pas, il s'en occuperait quand même, il lui devait bien ça.

Pierrot était devant l'étalage du « Peraquet », il achetait une chemise et un pull-over. Ariste le prit à part et lui rapporta les paroles d'Albert. Pierrot se mit à rire. Ariste lui confia ses craintes :

– Quand Alban a dit en riant : si ça continue ils vont lui donner la fille en mariage, mon sang n'a fait qu'un tour Pierrot. Tout d'un coup, je me suis pensé : et si c'était ça les rires chez Albert avec Bébert ? Et si l'autre jour il sifflait à cause de ça ce grand couillon ?

– Francine avec Ben-doutch ? Ariste, enfin, t'as bu ou quoi ?

– Ils te veulent pas.

– Ils me veulent peut-être pas pour gendre, mais de là à prendre Bébert il y a un monde, non ?

Puis, tout à coup inquiet :

– Tu crois qu'ils oseraient, Ariste ?

– Faut trouver Bébert et voir ça de près.

Ariste lui avait communiqué ses craintes, Pierrot était maintenant franchement inquiet. Ils trouvèrent Bébert au stand de pineau. Il était à son cinquième verre.

– Tiens Bébert, te revoilà. T'es tout seul ? lui demanda Ariste.

– Oui.

– Salut Ben-doutch, tu vas bien, s'enquit Pierrot ?

Ça allait. La journée était belle, la foire se passait bien.

– Té, je vous offre un verre, dit Ariste.

Ils se firent servir. La discussion partit sur les vaches, elles étaient de qualité encore cette année. Les prix stables permettaient une bonne vente et de bons achats et le choix était grand. Décidément, cette foire avait toujours autant de succès. À son huitième verre, Bébert commença à cligner des yeux. Ariste le pistait, il en profita pour lancer l'interrogatoire. Il fallait faire parler Bébert, c'était le moment, plus tard il ne pourrait plus articuler.

– Au fait, je t'ai pas dit Pierrot, Bébert va peut-être devenir l'homme de confiance d'Albert.

– On aura tout vu ! s'esclaffa faussement Pierrot.

Piqué au vif, Bébert s'énerva.

– Qu'est-ce que ça veut dire ?

– Ça veut dire qu'à un homme de confiance il faut pouvoir lui faire confiance.

– Et on ne peut pas me faire confiance ?

– Pour siroter, si, sans problème.

Ariste sentit le ton monter.

– Ne vous énervez pas pour rien. Albert a dit ça pour rire. Il n'en pensait pas un mot.

Bébert parut sortir de sa torpeur. Une espèce de lueur fauve brilla dans son regard. Il sembla dessaoulé, et, s'agrippant au comptoir du stand de dégustation, d'un ton sarcastique, il répondit :

– Ça vous embêterait que ce soit possible ?

– Possible, on peut en rire. Par contre, si ça se faisait ce serait ridicule.

À cette réplique, Bébert devint agressif. Il avait dans le regard la puissance d'une chose que lui seul savait et qu'il ne pourrait pas garder bien longtemps. Pourtant, il devait tenir sa langue, c'était la clé de la réussite, avait dit Rosie. Mais les attaques de son rival et l'excès de pineau frais étaient en train de démolir sa prudence de paysan. Alors, le corps en avant, regardant Pierrot avec un air moqueur, il parla. Il mit dans ses phrases une rancœur rentrée qu'il laissa exploser. Il fut violent dans ses propos. Ce Bébert dont on se moquait depuis trop longtemps, ce baindouche qu'il avait transformé en Ben-doutch pour mieux le supporter, ce type qui allait de voisin en voisin pour mieux gagner sa vie allait devenir, oui monsieur, ne vous en déplaise, le gendre d'Albert et de Rosie ! Il avait été choisi pour ses qualités. Parfaitement. Il en avait. Il emmerdait tout le monde et surtout ce bon à rien de facteur. Ce touche-à-toutes-les-filles. Ce blagueur impénitent.

Pierrot avait changé de couleur. Il ne voulait pas entendre. Il ne croyait pas à tout ça. Il lui sembla qu'il allait se réveiller. Ce cauchemar allait cesser. Hagard, il regarda Ariste devant un Bébert triomphant. Ariste, lui non plus, ne pouvait croire à tout cela. Il était abattu. Enfin, on ne pouvait pas se marier avec Ben-doutch. Impossible. En tout cas pas Francine. Une autre, plus simple, moins jolie peut-être, pourquoi pas, mais pas Francine. Elle était trop mignonne pour se laisser caresser par ses mains sales. Son corps était trop pur pour être possédé par ce balancier en mouvement. Non. Ce n'était pas possible. Les gens, au bruit de la dispute, faisaient silence. Ils étaient tout autour, guettant, estimant les chances de chacun en cas de bagarre. Ceux qui connaissaient les deux antagonistes étaient sidérés. Il leur tardait d'aller raconter à d'autres. D'une voix ferme, dangereusement calme, Pierrot, enfin, parla :

– Pauvre Bébert, tu ne te marieras jamais avec Francine, parce que c'est moi qu'elle aime. Tes qualités, je vais très vite en faire le tour : tu as quelques hectares à côté de chez Rosie, et c'est la seule chose qui compte pour elle. Arrête donc de rêver et de dire n'importe quoi, tu vas te rendre malheureux.

– Et alors, qu'est-ce que t'as toi, hein ? Rien, rien du tout. T'es un coureur de jupons. D'abord c'est au bois de Jeanton que tu les emmènes, ensuite c'est chemin du vieux port dans les fougères.

Pierrot vit rouge. C'était faux. Archi-faux. Il aimait Francine d'une autre manière. De toutes ses forces, il lança son poing. Le coup chavira Bébert.

– Ça, c'est pour avoir osé dire que tu allais épouser Francine.

Bébert se releva. Il essaya de frapper Pierrot, mais celui-ci le cueillit au menton. Il s'effondra de nouveau.

– Ça, c'est pour t'enlever l'envie de te mettre en travers de mon chemin.

Ariste prit Pierrot par le bras en essayant de le ramener à la raison. Il était devenu fou de rage. Écarlate. La colère le dominait. Il voulait briser Bébert. Ensuite il voulait trouver Albert sur la foire pour lui demander, devant tout le monde, la main de sa fille à grands coups de poing dans la gueule, parce que les insultes de Bébert à son égard elles avaient été dites par lui et par Rosie, c'était certain. Bébert n'était pas assez malin, ou même assez méchant, pour ça. Dans cette affaire, pour Pierrot, il était le « con » de service, un point c'est tout. Ariste le persuada de se calmer. Ils partirent, loin des regards curieux.

– Tu te rends compte, c'est odieux. Ma Francine mariée à ce guignol dégueulasse.

Tout à coup, Pierrot s'écroula sur l'épaule d'Ariste en pleurant, anéanti. Ariste était décomposé. Une émotion intense l'envahit, une larme coula sur sa joue ridée. Il tapota l'épaule de Pierrot en guise d'apaisement.

Albert, Francine et Rosie aperçurent Bébert, le veston sur le bras, le regard vague, un saignement au coin des lèvres. Dans des phrases sans suite, il dit qu'il devait ça à ce salaud de Pierrot.

– Pierrot ! s'écria Francine sous le regard sévère de ses parents.

Ce bon à rien lui avait dit que ses seules qualités étaient ses hectares. Albert et Rosie changèrent de couleur. Francine voulut comprendre pourquoi Pierrot avait dit ça ? Il y avait sûrement une raison, alors laquelle ?

– Comment veux-tu que je sache ! hurla Rosie, sentant l'énorme grain de sable. Allez, on s'en va, on rentre à la maison.

Dans la voiture, Bébert, encore excité, criait.

– Je le tuerai, je le tuerai.

– Calme-toi, dit Albert. Aussi, t'avais besoin de tant boire.

– Je disais rien, je te le jure Albert. C'est Ariste et lui qui ont commencé.

– De quoi il se mêle celui-là maintenant ?

– Commencé quoi, demanda Francine ?

– Ils m'ont dit que je n'étais pas sérieux et qu'Albert serait ridicule s'il me prenait comme homme de confiance.

Francine ne comprenait rien à rien, mais elle eut subitement très peur. Ça voulait dire quoi ? C'était seulement des paroles d'ivrognes, les seules que, d'après elle, Bébert prononçait en ce moment ?

– Non. C'est pas parole d'ivrogne ! hurla Bébert en descendant de voiture devant chez lui.

Il claqua la porte et partit en titubant vers sa maison. Francine se mit à pleurer.

– Calme-toi, lui dit sa mère. Ce n'est rien qu'une bagarre de foire.

– Entre Bébert et Pierrot, tu ne trouves pas ça curieux ? Pierrot n'est pas un violent.

Rosie sentit monter en elle la colère contenue depuis tout à l'heure.

– Ah ! ne me parle pas de ce bon à rien même pas capable de faire correctement son travail et qui donne des conseils aux autres.

– Maman..., dit Francine dans un sanglot.

– Il n'y a pas de maman. C'est vrai. La semaine dernière, il a donné un mandat adressé à Bébert, à Simon, son père, sous prétexte qu'il n'était pas là. Il a fait un faux. Il risque très gros.

– Maman... je l'aime.

– Tais-toi. Ce n'est pas vrai. Tu ne peux pas l'aimer. Il a couché avec toutes les filles de mauvaise vie de la commune, à commencer sans doute par Françoise, oui, ton amie Françoise. Alors je ne veux plus jamais entendre parler de lui. D'ailleurs, quand je t'aurai parlé du projet auquel nous pensons pour toi, tu me remercieras. En attendant, va te coucher, on y verra plus clair demain.

La pauvre Francine était atterrée. Elle avait peur de comprendre. Dans sa tête, ce qui s'était passé ou dit depuis quelque temps se classait. S'organisait. Devenait plus clair. Une terrible logique s'imposait à elle, la laissant sans force, sans réaction. Elle regarda son père, espérant un geste de réconfort ; encore une fois, il ne la regarda pas. Elle osa dire à sa mère :

– Ton projet maman, ce ne serait pas... Bébert... ?

La stratégie de Rosie s'écroulait. L'énorme grain de sable grippait la machine. Elle ne l'avait pas prévu. Tout allait trop vite. Le temps, pour une fois, la dépassait. Mais quel imbécile ce Bébert ! Qu'est-ce qu'il avait besoin d'aller raconter, de se donner en public ! Et pourquoi Pierrot l'avait attaqué ? Et pourquoi avec Ariste ? Simon avait parlé ? Francine, en observant sa mère, crut voir un fléchissement, une hésitation. Rosie retrouva subitement ses forces dans la haine qu'elle avait à l'égard de Pierrot. Elle n'allait pas craquer. Sa fille avait dix-huit ans. À dix-huit ans, elle, elle obéissait à ses parents. Avec une voix calme, ferme, elle répondit :

– C'est possible, effectivement. Nos intérêts sont communs, nos propriétés se touchent et pourraient faire très bel ensemble. Il se pourrait donc que ce soit ça.

Francine eut juste la force de partir dans sa chambre. Elle se jeta sur le lit et perdit connaissance. Cette nouvelle et la détermination de sa mère l'avaient terrassée.

Chapitre 10

IL Y AVAIT ENFIN UN BON SUJET de conversation au village : les Meyre ne voulaient pas Pierrot pour gendre ; le comble, c'est qu'ils voulaient que ce soit Ben-doutch, tout ça sans doute à cause de la propriété. La nouvelle se répandit très vite. Au lavoir, les conversations, scandées par les coups de battoir sur le linge mouillé, allaient bon train.

Rosie était fine mouche, disaient les femmes, elle savait ce qu'elle voulait. Les caqueteuses en profitèrent pour rappeler qu'Albert, on avait dit à l'époque, n'avait pas été le premier. Toutes s'en souvenaient, il avait épousé Rosie grâce à ses cent hectares, rien d'autre. Avant de sceller l'affaire, Rosie avait pris, soi-disant, du bon temps :

– Albert ne l'a pas étrennée, dit Madeleine avec force.

Elle avait bonne mine maintenant d'imposer sa loi et d'empêcher sa fille de vivre comme elle l'entendait ! Tout le monde s'accordait à dire que Bébert était brave, mais quand même, non, ce mariage n'était pas sérieux.

– Il doit avoir un sacré goût de sauvage, affirmait en riant Fernande.

– Si la petite aime le faisandé, ce sera parfait, ajouta Germaine.

– La petite Francine est un tendron, affirma Simone en tapant sur sa pile de draps ; pour elle, Bébert est une vieille carne, il a trente-cinq ans.

– Et elle dix-huit. C'est pas du séneçon pour son canari, affirma Gisèle. En plus, il a jamais connu de fille. Y saura pas s'y prendre.

– Comment tu sais ça toi, il te l'a dit ? questionna Fernande.

– Lui non, mais la Bitzaïre oui !

La Bitzaïre était une femme qui vivait seule. Ce surnom lui avait été donné parce qu'elle avait un fichu caractère. Un caractère bizarre. Elle prenait la mouche facilement, devenait incontrôlable, comme certaines vaches quand elles étaient excédées par les taons qui les harcelaient de leurs piqûres. Elles sautaient et couraient en tout sens d'une façon désordonnée. Dans ces moments là, les vieux disaient qu'elles avaient la bitzaïre. Cette femme était du genre Ben-doutch en plus âgée, elle aimait bien les hommes, mais aucun n'en voulait vraiment.

– Un jour, elle l'a coincé dans les pins, raconta Madeleine. Non seulement il n'a pas voulu, mais en plus il s'est échappé prestement. En colère, elle lui a crié : « Puceau, puceau ! » Et lui dans sa fuite, il lui a crié : « Il vaut mieux être puceau qu'aveugle. »

L'éclat de rire qui suivit l'explication de Madeleine couvrit le bruit des battoirs.

Si au lavoir et dans le village on riait, Pierrot, lui, était effondré. Il n'imaginait pas la vie sans Francine. Il se surprenait encore de la rapidité de cet amour total, absolu, qui lui faisait dire que ce serait elle ou personne.

Des bruits lui parvenaient. Il savait qu'on le jugeait. En bien. En mal. Ceux-là, il ne les comprenait pas. Que pouvait-on lui reprocher, il rendait service à tant de monde ?

– Dis donc Pierrot, tu diras à Raoul qu'on a besoin de deux pains en plus pour demain, d'accord ?

Pierrot, en rentrant de sa tournée, passait chez le boulanger faire la commission. Il rapportait de chez « Pilule », le pharmacien, les médicaments pour la grand-mère. À Cantelaude, lorsqu'il portait à Amélie l'aveugle une lettre de son fils, elle lui disait :

– Si tu as une minute Pierrot, tu me liras la lettre ?

Il avait toujours une minute. Jacky, le fils d'Amélie, le savait bien, et grâce à cela, il continuait à écrire à sa mère, il était trop loin pour venir régulièrement. D'ailleurs, à chaque fin de lettre, il y avait un mot pour Pierrot. Lorsqu'elle recevait le mandat de sa pension, Pierrot n'en avait pas le droit, mais il signait le reçu pour elle et rangeait les billets dans l'ordre qu'elle désirait ; comme ça, elle s'y retrouvait. Qui aurait pu s'en plaindre ? Dans sa tournée, il n'y avait aucune boîte à lettres et son métier de facteur lui faisait rencontrer tous ses clients. Il s'était lié d'amitié avec presque tous.

Dans le village, quand un paysan tuait le cochon, il était invité au repas et repartait toujours avec un bon morceau de boudin. Il était invité dans presque toutes les fermes. L'hiver dernier, certains avaient changé les dates de mort de cochon pour qu'il puisse y assister. Comme pour les batteries, c'était la fête une fois le travail terminé. L'an dernier, chez Ariste, qu'est-ce qu'ils avaient ri. Une fois le cochon tué et découpé, l'équipe de voisins venue en renfort avait apporté le pétrin près du Crastioù, le fossé qui coulait contre les prés d'Ariste. Alphonse, le maître boucher du moment, jugeant le pétrin trop éloigné de l'eau, s'arc-bouta sur les poignées de bois pour le tirer vers le canal. Il avait oublié que ses mains étaient graisseuses, elles glissèrent, il partit en arrière et tomba dans le Crastioù. À cette période, il était rempli d'eau plutôt froide et animé d'un fort courant. Heureusement, le fossé n'était pas profond. Alphonse hurlait :

– Une corde, nom de Dieu, je me noie !

Il ne risquait pas de se noyer, il avait pied. Ariste, voyant cela, tout en se roulant une cigarette, partit tranquillement le long du ruisseau. Ulysse jeta une corde à Alphonse, furieux devant le rire qu'avait provoqué sa chute. Une fois tiré d'affaire, il se rua sur Ariste.

– Merci de ton aide Ariste. Merci. Putain, qu'est-ce que t'allais foutre au loin, tu t'échappais ?

Ariste, très calme, après avoir allumé sa cigarette, lui avait répondu :

– Couillon, je sais pas nager, alors, avec le courant qu'il y a, j'allais t'attendre au pont. Là, je t'aurais peut-être attrapé.

Les rires redoublèrent. Une demi-heure plus tard, Alphonse, séché et réconforté grâce à l'eau-de-vie, riait de son aventure avec tout le monde.

Des souvenirs comme celui-là, il y en avait beaucoup. C'était un village famille. Pierrot craignait qu'avec ces histoires ça change. À cause de Rosie, ce hameau risquait de se couper en deux. Un instant, il pensa demander son changement. En partant, toute cette histoire se calmerait.

Pourtant non, réflexion faite, il ne pouvait pas laisser Francine. Chaque fois qu'il imaginait Bébert la caressant, la tête lui tournait. Une colère dévastatrice l'étouffait. Il souffrait, ne supportait plus rien, n'écoutait plus rien. Il resta une dizaine de jours sans presque manger. Sans presque pouvoir dormir. Paul, peu bavard, devant cette situation se décida à lui parler.

– C'est vrai ce qu'on raconte au bourg ?

– C'est vrai.

– Tu aurais pu en parler.

– Oh, tout a été si vite. Et puis, ça aurait servi à quoi ?

– Ça m'aurait évité de passer pour une andouille auprès de ceux qui me l'ont appris.

– Tu vois papa, toi aussi t'es contre moi. De toute façon, depuis que je gemme plus, t'es contre moi. Tu me fais la gueule.

Paul mesura la peine de son fils. Que pouvait-il dire ? Dans ces circonstances, une mère sait trouver les mots. Un père, c'est moins facile. C'est vrai, il avait été fâché par sa décision d'arrêter le gemmage. À partir de cet instant, leurs rapports avaient été plus tendus, plus distants. Ils ne se parlaient plus comme avant, ne se disant que les choses essentielles et taisant les autres. Quand même, ça n'empêchait rien, il aimait son fils.

– C'est vrai, je n'ai pas aimé ta décision, mais c'était la tienne. C'est vrai aussi qu'un père et son fils sont souvent maladroits. Tu sais, les seules paroles d'amour que j'ai su dire, je les ai dites à ta mère il y a plus de trente ans. Depuis je n'ai pas beaucoup parlé de ces choses-là.

Paul tourna les talons. Sans se retourner, il ajouta :

– Ça fait que je ne sais plus comment il faut dire je t'aime.

Pierrot ne vit pas la larme coulant sur la joue ridée de son père, il vit seulement le geste du bras essuyant le visage. Il eut envie de le rattraper, de lui dire qu'il l'aimait. Il n'en fit rien, se contenta lui aussi d'essuyer son visage d'un revers de la main.

Francine, depuis qu'elle connaissait le projet de sa mère, était anéantie. Elle espérait la fin de ce cauchemar. À la maison, ses parents faisaient comme si de rien n'était. Bébert passait souvent chez eux mieux rasé, mieux habillé, un peu plus droit. Ça n'allait pas chez les Meyre, il le voyait bien et son aventure de Sainte-Hélène n'avait rien arrangé. Albert avait pris le temps de lui expliquer qu'il fallait être patient. Il lui avait conseillé de passer plus souvent chez eux, de faire un peu plus attention à lui, d'être plus soigneux. Pour l'instant, Francine pensait encore à Pierrot, mais le temps, ce fameux temps qui arrangeait tout, allait mettre de l'ordre dans tout cela et un jour elle comprendrait où était son intérêt. Bébert espérait, parce qu'à présent il s'était mis à aimer Francine. Au début, quand il ne croyait pas à l'affaire, il ne ressentait rien, mais Rosie et Albert avaient fini par le convaincre. Il rêvait et osait penser à Francine avec envie. Son cœur d'ours mal léché s'était entrouvert. Un ours n'a peut-être pas la notion de la justesse, alors il la regardait avec un air mi-velours, mi-gourmand, un brin sauvage. Peine perdue, plus il était gentil, plus Francine se raidissait. Elle n'acceptait pas l'idée de sa mère. À chaque fois que Bébert arrivait, une sorte de dégoût l'envahissait. Avant, Ben-doutch la faisait presque rire, maintenant, elle était en révolte et ne le supportait plus.

Au bout d'une quinzaine de jours, ne sortant plus, étant épiée sans cesse, ne voyant plus Pierrot, ne sachant rien de lui, elle fut inquiète. Que faisait-il ? Que pensait-il ? Elle eut peur que le piège se referme. Que Pierrot ne livre pas bataille contre ses parents. La personnalité écrasante de sa mère allait-elle gagner ? Un jour, alors qu'elle préparait le repas, elle osa poser la question. Sans force. D'un ton neutre.

– Maman, tu veux vraiment que j'épouse Bébert ?

Rosie se demanda ce qu'était cette attaque subite, mais pensa qu'après tout il fallait bien crever l'abcès.

– Il en vaut d'autres tu sais.

Francine osa contester. La différence d'âge. Et puis ce sauvage à peine propre la rebutait. Comment pouvait-on accepter un mari comme ça ? Même elle, sa mère ne supporterait pas. Dans une hésitation, elle laissa encore parler son cœur. Pourquoi Pierrot ? Elle ne savait pas. C'était venu comme ça.

Elle avait parlé doucement. Avec calme. Elle avait affirmé son amour pour Pierrot presque à mi-voix. Il y avait une grande tristesse dans le ton. Elle voulait se défendre, mais ne savait pas. À dix-huit ans, est-ce qu'on le peut ? Françoise lui disait souvent :

– Tu es bien la fille de ton père.

C'était vrai. Elle avait horreur des conflits et elle les évitait le plus possible. Rosie jouait avec cela depuis toujours. Cette faiblesse du père et de sa fille lui avait permis d'asseoir son autorité. Là, pourtant, elle lui répondit d'une manière calme, presque douce.

– L'âge n'a pas d'importance Francine. Au moins, tu es sûre qu'il n'ira pas voir ailleurs comme pourrait le faire un plus jeune. Quant à sa sauvagerie, c'est la sauvagerie du travail. Il passe sa journée dans les bois, d'autres s'amusent et prennent du bon temps. Lui, il travaille. Il n'est pas très propre, c'est vrai. Tu sais, deux hommes seuls, ce n'est pas tous les jours facile pour eux.

Je te demande de noter qu'il s'améliore : donc, c'est qu'il y a de l'espoir. Tant qu'à l'amour, il y a deux façons d'aimer. Le coup de foudre, où tout paraît beau pour la vie, mais un jour ou l'autre on se réveille. Et puis, il y a le mariage réfléchi. Intelligent. On ne s'aime pas à la folie au départ, pourtant la vie, petit à petit, crée une complicité, une amitié qui grandit et ça finit par être de l'amour. Tu sais, pour tout te dire, j'ai épousé ton père sans vraiment l'aimer. Pourtant, tu le vois, on s'entend très bien.

À condition que papa se taise, pensa Francine. Non. On ne pouvait pas faire un mariage réfléchi. Ça ne voulait rien dire. Pour vivre chaque jour avec quelqu'un, Francine était persuadée qu'il fallait de l'amour, pas autre chose. Quand il lui arrivait d'imaginer ses nuits avec Bébert, une nausée lui montait à la gorge. Un frisson de dégoût lui parcourait le corps. Non, sa mère n'arriverait pas à la convaincre. Pierrot occupait son esprit en totalité. La propriété pouvait faire dix, cent ou mille hectares, elle s'en moquait éperdument. C'est Pierrot qui la faisait rêver. À dix-huit ans, on n'a pas de compte en banque à la place du cœur.

À la reprise des cours de l'école ménagère, Francine avait été très entourée par ses amies. Elles eurent beau essayer de la consoler, elle resta triste. Malheureuse. Sa jeunesse semblait disparue. Une sorte de vieillesse prématurée paraissait l'envahir.

Cette année, prudence oblige, Albert emmenait sa fille aux cours en voiture. Il arrivait à l'heure, le matin comme le soir. Impossible de se dérober. C'était l'hiver, les pins dormaient, rien n'empêchait Albert de faire la route. La reprise du travail de gemmage recommencerait en février, d'ici là on aviserait. Excédé par ce manège, Pierrot ne se montrait plus. Françoise, peinée par tant de gâchis, décida d'en parler à mademoiselle Amélia. Elle lui expliqua la situation, lui fit remarquer la détresse de Francine. Elle lui demanda de lui faire confiance et de la laisser sortir un moment pour voir Pierrot. Même peinée par les circonstances, mademoiselle Amélia, la directrice, respectait l'autorité parentale et ne la discutait pas. Cela faisait partie de son éducation et de celle qu'elle dispensait. Pourtant, à mesure que Françoise parlait, elle crut voir dans son regard une tendresse inhabituelle. En fait, mademoiselle Amélia était triste. À plus de cinquante ans, elle savait bien qu'elle ne se marierait plus. Elle aurait pu, trente ans auparavant, mais sa vocation d'assistante sociale lui avait interdit. Ses parents et ses professeurs lui avaient expliqué que ce genre de sacerdoce s'accommodait mal d'un mariage. À l'instant où Françoise racontait la détresse de

Pierrot et de Francine, mademoiselle Amélia revit le jeune homme qu'elle avait aimé d'un amour impossible et qui, lassé de l'attendre, avait ouvert ses bras à une autre. Elle retint ses larmes et dit brutalement :

– Mardi prochain, j'ai rendez-vous avec monsieur le maire pour un réaménagement des locaux. Je donnerai une heure de temps libre de quinze à seize heures. Mais si à seize heures vous n'êtes pas toutes là, je me verrai obligée d'avertir les parents.

Françoise partit en courant vers Francine pour lui annoncer la nouvelle. Elle préviendrait aussi Pierrot.

Cette semaine d'attente leur parut longue. Françoise avait arrangé la rencontre, elle aurait lieu au bois de Jeanton. Pierrot s'y rendrait avant l'heure, pour ne pas se faire remarquer.

Lorsque mademoiselle Amélia libéra les filles pour une heure, Francine sauta sur la bicyclette de Françoise. Pierrot était arrivé. Ils tombèrent dans les bras l'un de l'autre, s'embrassant à perdre haleine. Il prit Francine par la main, l'emmena vers la cabane de résinier plus loin, ils y seraient à l'abri des regards.

Là, Pierrot dit tout son amour à Francine. Elle lui dit son inquiétude. Sa peur de la détermination de sa mère et de son père. Il ne lèverait pas le petit doigt, de peur de contrarier sa femme.

Ses parents étaient aveuglés par le calcul des hectares à l'issue de cette union dans laquelle Bébert n'était qu'un pion. Il s'en rendrait peut-être compte un jour. Alors fallait-il partir ? S'échapper ? Francine avait juste dix-huit ans et ses parents, devant la loi, étaient tout-puissants, alors fuir, non ! Elle ne voulait pas faire comme Monique, partie travailler à Bordeaux pour vivre en cachette avec Marc. Francine voulait vivre son amour au grand jour, Pierrot aussi. Ils finiraient bien par trouver une solution.

Ils se regardèrent avec amour. Tendresse. Bonheur. La cabane abritait un amour total. Un amour véritable. Ils s'enlacèrent de nouveau, leurs bouches ne firent qu'une. Francine sentit monter en elle une chaleur douce. Apaisante. Son corps vibrait aux baisers de Pierrot. Il avait en lui des envies de bonheur total. Leur souffle devint court. Pierrot, lentement, souleva la jupe de Francine, lui caressa les cuisses. Elle se raidit, arrêta le baiser pour dire un : non Pierre, si faible, si peu autoritaire, que Pierrot appuya sa caresse. Sa main quitta les cuisses pour caresser un sein. Francine, le corsage maintenant ouvert, ne résistait plus. Elle savait ce qui allait se passer, ne le voulait pas, mais, vaincue par le désir, ne se défendit pas. Pierrot comprit ses craintes. Avec beaucoup de délicatesse, il l'allongea sur le sol moussu de la cabane et se coucha sur elle. Dans un élan de don total, Francine l'attira. Autour d'eux, il sembla que la forêt faisait silence pour mieux accompagner la symphonie amoureuse des corps.

Un feu d'artifice aux mille lumières les rassembla en un seul bonheur, en un seul plaisir, en un seul espoir.

À seize heures précises, lorsque mademoiselle Amélia revint de son entrevue avec le maire, il ne manquait personne.

Francine, en revenant, n'avait rien dit à Françoise, son regard valait toutes les explications du monde. Elle semblait flotter sur un nuage. Elle avait transformé le gris de son horizon en rose et en bleu, et Pierrot était à chaque contour du nuage.

Chapitre 11

Les mères ont un sixième sens. L'attitude de Francine fit comprendre à Rosie qu'il s'était passé quelque chose. Sa fille paraissait heureuse, radieuse. Elle semblait détendue. Bébert avait beau se montrer plus gentil et plus propre, il n'était sûrement pas responsable de ce changement brutal. Il y avait donc du Pierrot là-dessous. Elle ne se l'expliquait pas, la surveillance avait été constante. Maintenant, Francine souriait en permanence. Elle avait quitté la maison mardi pour les cours de l'école ménagère et Albert était arrivé en avance pour l'heure de la sortie. Elle n'avait donc pu voir personne. Cette Françoise devait y être pour quelque chose. Faisait-elle passer des messages ? Rosie se mit en devoir de fouiller dans la chambre de Francine, inspectant les moindres recoins. Ne trouvant rien, elle décida de faire son enquête. Il ne fallait à aucun prix que quoi que ce soit lui échappe.

La commémoration du 11-Novembre approchait. La population, après la messe, rendrait hommage à ses morts, comme tous les ans, devant le monument élevé à leur mémoire. À cette occasion, les anciens combattants de la guerre 14-18 et ceux, plus jeunes, de 39-45 seraient entourés de leurs familles et de leurs amis. Le midi, un banquet réunirait les hommes au restaurant du *Commerce* et le soir, comme tous les ans, les femmes se joindraient à eux pour le dîner, suivi du bal organisé dans une salle attenante au restaurant. Albert participerait comme tous les ans au banquet. Dans la soirée, Rosie le rejoindrait avec Francine. Cette année, pourtant, elle avait hésité. Amener Francine au bal pouvait être ennuyeux, Pierrot y serait. Comment les empêcher de danser ensemble sans provoquer un esclandre ? On verrait bien.

Pour se préparer à cette sortie, Rosie prit rendez-vous au salon de coiffure de Fernande. D'habitude, elle allait chez une autre coiffeuse, mais son choix avait été fait à cause d'un élément déterminant : Suzy, la copine de Francine, avait décidé d'apprendre le métier de coiffeuse. Elle était apprentie chez Fernande. Si elle savait quelque chose sur sa copine, Rosie arriverait, sans mal, à lui tirer les vers du nez.

Elle arriva en avance à son rendez-vous. Deux clientes s'extasiaient sur une revue de coiffure mode. Suzy travaillait au bac à shampooing, Fernande terminait de monter une mise en plis. La conversation commença, comme toujours, sur le temps. Celui qu'il faisait. Celui qu'il allait peut-être faire. Celui qu'il aurait fait si ça avait été pire… Tout cela meubla un bon quart d'heure. Ensuite, ce fut la revue familiale. Et Albert, comment allait-il ? Quel âge avait-il maintenant ? Déjà ? Mon Dieu comme le temps passait vite. Puis ce fut la série des « je me rappelle » et l'album souvenir s'ouvrit pour un quart d'heure de plus. Lorsque le tour de Rosie vint de passer au bac, personne n'avait prononcé le nom de Francine, Fernande ne tenait pas à se priver d'une nouvelle cliente.

Rosie, tête en arrière sous les mains shampooineuses de Suzy, engagea la conversation en aparté avec l'apprentie. Est-ce que le métier lui convenait ? C'était dommage qu'elle ne puisse plus assister aux cours de l'école ménagère, mais qu'il fallait bien choisir, et sa décision de vouloir être coiffeuse était bonne. Suzy parlait sans retenue. Avec confiance. Elle ne se méfia pas à la question soudaine de Rosie :

– Du coup, tu ne vois plus Francine ?

– Pas souvent, à part mardi dernier.

Le mardi était le jour des cours ménagers. Suzy ne sentit pas le raidissement de Rosie quand elle lui demanda si c'était à la sortie des cours qu'elle l'avait vu.

– Non, je suis allée porter une lettre à la poste pour ma patronne et j'ai vu Francine à bicyclette sur le chemin du stade. Je l'ai appelée, mais elle n'a pas entendu.

Rosie sentit monter en elle une grande inquiétude.

– Tiens, et quelle heure était-il ?

– Trois heures peut-être. À mon avis, elle devait faire une course pour mademoiselle Amélia, dit Suzy.

La faille était là. Comment avait elle pu réussir à s'absenter du cours ? Quel motif avait-elle invoqué auprès de mademoiselle Amélia pour cette escapade ? Il n'y avait plus aucun doute, Francine avait rencontré Pierrot, mais pas par hasard sur la route. S'il y avait eu une entrevue, elle n'avait pas été fortuite et elle avait duré un temps assez long pour redonner le sourire à sa fille. Elle trembla, imagina le pire.

En voyant le visage de Rosie et sa mine un peu congestionnée, Suzy se dit qu'elle avait gaffé. Elle en fut toute malheureuse.

Rosie arriva chez elle dans une colère noire. Albert réparait la clôture au fond du pré. Francine astiquait les cuivres, sur la table de la cuisine.

Pour ne pas tacher la toile cirée, elle les avait posés sur un journal. Cette corvée, pour une fois, avait l'air de lui plaire, elle chantonnait.

– C'est bien la première fois que tu as l'air contente de faire les cuivres. D'habitude, tu n'aimes pas.

Au ton, Francine sentit l'attaque arriver. Elle cessa de chantonner.

– Dis-moi Francine, il y a longtemps que tu n'as pas vu Suzy ?

– Oui, ça faisait un moment, depuis qu'elle était chez une patronne, elle avait moins de temps.

– Pourtant, elle t'a vu il n'y a pas si longtemps.

Francine ralentit le mouvement de nettoyage du chandelier. D'une voix faible, elle s'étonna. Le ton conforta Rosie dans ses doutes.

– Mardi dernier, vers trois heures, tu étais à bicyclette sur le chemin du stade, à côté de la poste ?

Francine devint livide. Elle sentit la catastrophe arriver.

– Alors, c'est vrai ou c'est un mensonge ? Tu faisais peut-être une course pour mademoiselle Amélia ?

Après un instant d'hésitation, Francine répondit :

– C'est vrai.

– Tu faisais une course pour l'école ?

Francine n'avait pas l'habitude de mentir. Elle n'en avait jamais senti la nécessité. Là, son hésitation fut grande. Il suffirait que sa mère aille vérifier auprès de mademoiselle Amélia, pour apprendre qu'elle lui avait menti. La spirale commencerait et la confiance serait rompue définitivement. C'était vrai, sa mère l'avait rompue cette confiance, puisqu'elle avait menti à sa fille en lui cachant son projet. Francine ne voulait pas faire de même. À cet âge, on aime la vérité. Le monde adulte ne vous a pas encore sali. Perturbé. Il n'y a aucune combinaison. Aucun calcul étayé par des mensonges. Le monde est encore neuf et beau. Plein de soleil et de franchise. Elle voulut montrer à sa mère qu'elle était une fille de confiance. En disant la vérité, Rosie la comprendrait peut-être et serait indulgente. Elle respira donc un grand coup, regarda sa mère en face. D'une voix douce mais sûre, elle répondit :

– Mademoiselle Amélia avait rendez vous avec monsieur le maire de quinze heures à seize heures, elle nous a donné quartier libre. J'en ai profité pour rencontrer Pierrot, parce que je l'aime.

La gifle qu'elle reçut la déséquilibra. Les larmes remplirent aussitôt ses yeux. Rosie hurlait sa colère et sa haine contre Pierrot, contre sa fille. Ah elle l'aimait, on allait voir ça ! On allait la placer dans une maison de correction. Là, on la calmerait. On l'enverrait à mille lieues d'ici. En attendant, elle allait porter plainte contre ce vaurien de Pierrot pour détournement de mineure. La prison aurait raison de lui. On allait le casser ce voyou. Pour qui se prenait-il donc ?

Albert, entendant les cris jusqu'au fond du jardin, arriva en courant. Rosie lui raconta tout. À son tour, il se mit dans une colère noire. S'il tenait Pierrot, il lui tordrait le cou. Ce bon à rien. Ce mauvais à tout ayant des complices jusque dans le village. Parfaitement. Il avait bien compris l'attitude d'Ariste, ce faux jeton. Il lui casserait la gueule à lui aussi. Et si ce salaud de Pierrot avait eu le malheur de toucher à sa fille, il avait un fusil à sa disposition.

Francine perdit aussitôt tout espoir. L'horizon se rebouchait à nouveau. Elle partit dans la grange et pleura jusqu'au soir. Elle ne rentra à la maison qu'à la nuit. Elle avait froid. Elle tremblait et partit directement dans sa chambre. La fièvre s'empara d'elle. Le lendemain, il fallut faire appel au docteur Henry. Il diagnostiqua une bronchite sévère. Elle devrait garder le lit au moins huit jours. Trop fatiguée, elle n'irait pas au bal des Anciens Combattants, Rosie non plus.

Le 11-Novembre, Albert, en passant devant chez les Loubaney, prit dans sa voiture Simon et Bébert. Après la cérémonie au monument aux morts, tous se dirigèrent vers le restaurant pour l'apéritif et le banquet. Avant de trinquer, le maire dit quelques mots et termina son discours en disant : « Je vous demande de ne pas oublier les victimes de ces deux guerres. Il ne faut pas qu'ils soient morts pour rien. Leur sacrifice doit nous rende plus tolérants les uns envers les autres, afin qu'aucun excès n'ouvre la porte à une dictature quelconque ; elle viendrait compromettre nos chances de liberté, d'égalité et de fraternité. »

Après les applaudissements, Ariste se pencha vers Ulysse :

– T'as vu ? Albert, Simon et Bébert sont ensemble. J'espère que ce con d'Albert va suivre les conseils du maire et qu'il sera plus tolérant, plus fraternel.

– Ne rêve pas trop. On a toujours l'impression que c'est l'autre l'intolérant, on s'arrange toujours avec sa conscience.

– Enfin, quand même, ils veulent se faire plaisir en sacrifiant leur fille sur les hectares de l'autre con.

– Toi tu penses comme ça. Mais eux, ils sont persuadés de faire ça pour le bien de leur fille. Chacun a ses raisons qu'il croit bonnes.

Le banquet fut copieux. Après la soupe grasse aux perles du Japon, ce fut la cochonnaille, les pâtés, la macédoine de légumes à la mayonnaise, les anguillons de l'étang en persillade, le civet de sanglier, le rôti de bœuf et ses légumes, les fromages et les desserts. Le tout arrosé avec du vin de l'Entre-deux-Mers et un excellent listrac.

Puis vint le moment des chansons et des histoires de fin de banquet. Le vieux Bastien, malgré son âge, avait encore une belle voix. Il chanta la chanson du tourlourou, en hommage aux poilus. Puis, Antoine Gendron, musicien de la Lyre, entonna l'air célèbre de l'opérette de Roger Planquette *Les Cloches de Corneville : J'ai fait trois fois le tour du monde.* Un joyeux drille, au visage rougi par les vins servis, lui lança :

– C'est pas étonnant que t'aies l'air fatigué.

L'éclat de rire provoqué par la réflexion fut le signal du changement de ton. Léonce entonna une chanson de corps de garde, le vieux Bastien se mit à vanter la machine à bouffer les moustiques et Martial entonna sa chanson, toujours la même, mais que tous écoutaient avec beaucoup de plaisir : *Julia.* C'était l'histoire d'un poilu qui écrivait tous les jours à sa fiancée, donc tous les jours sa fiancée voyait le facteur. Tout se passa bien jusqu'au refrain, où le poilu chantait son inquiétude :

« Julia, dis-moi si tu m'aimes et si ton cœur n'est pas pour le facteur. »

À ce moment-là, un cri fusa dans la salle :

– Hé, Ben-doutch, tu devrais la chanter à Francine celle-là.

Albert se leva comme un diable sortant de sa boîte et fonça boxer le moqueur. Il n'en eut pas le temps. Ariste se tourna sur sa chaise et se retrouva assis de dos à la table. Au moment où Albert passa devant lui pour aller corriger l'insolent, il tendit la jambe et le fit tomber dans les pieds de la serveuse qui revenait en portant des plats. Elle évita la chute de justesse.

– Dites donc Albert, quand mon mari va savoir que vous regardez sous mes jupes, dit-elle, il ne va pas être content.

Albert se releva fou de rage dans l'allégresse générale. Il était écarlate. Il en avait après tout le monde.

– Occupez-vous de vos affaires. Cette histoire ne vous regarde pas. Tant qu'à toi Ariste, t'es qu'un faux-cul.

– Tu dois savoir de quoi tu parles.

– Je m'occupe de ma fille, et c'est mon affaire. Ça te regarde pas. Vu ? Bien sûr, tu peux pas savoir ce que c'est que de s'occuper d'un enfant, t'as épousé une mule.

C'était la pire insulte. Tout le monde savait que la mule, fruit des amours entre un âne et une jument, ne pouvait pas procréer. Marie était ainsi mise en cause, elle ne pouvait plus avoir d'enfant. Le sang d'Ariste ne fit qu'un tour. Son poing cueillit Albert au menton, il s'effondra d'un bloc.

– Ne redis jamais ça Albert. Ne redis jamais ça.

On finit par séparer les antagonistes. Le père Dallos en profita pour raconter une histoire très grasse. L'ambiance revint rapidement.

Simon s'était éclipsé, emmenant avec lui un Bébert un peu saoul. Il n'aimait pas ce genre d'histoire et ses craintes du début devenaient plus fortes. Cette situation les rendait, son fils et lui, impopulaires.

Ariste et Ulysse quittèrent les lieux. Ils allèrent boire un verre au café du lac, loin de l'agitation. Ulysse pensait qu'Ariste avait eut tort de frapper Albert. Depuis le temps qu'ils se connaissaient. L'insulte pour Marie était violente, mais le vin et la situation en étaient la cause. Et puis c'était une histoire entre Albert et Pierrot. Ariste n'avait rien à voir dans tout ça.

– Tu as raison, mais je trouve ça tellement dégueulasse. Et puis, il a quand même traité Marie de mule. Tu te rends compte ?

– Je me rends compte qu'il était en colère, et quand on est en colère on dit souvent des choses qu'on regrette après. Le plus triste, c'est qu'avec ces histoires, au village, ce sera plus pareil. On s'aidait tous. Ça va être fini.

– C'est vrai. Qu'on est con quand un portefeuille remplace le cœur.

– Malheureusement tu n'as pas d'enfant Ariste, alors tu réagis comme ça.

– Peut-être Ulysse, peut-être, mais si j'avais un fils je laisserais sûrement son cœur se débrouiller sans moi. S'il fait bien, tant mieux. S'il fait mal, tant que je serai là, il pourrait compter sur moi. C'est tout.

– À sa manière, Albert réfléchit à l'avenir de sa fille.

– Réfléchir lui ? Cet intellectuel de broussaille ? Sûrement pas.

Albert, en sortant du restaurant, avait retrouvé Simon et Bébert. Ils rentrèrent au village sans dire un mot.

En le voyant arriver si tôt, Rosie s'inquiéta. Elle fut horrifiée d'apprendre ce qui s'était passé.

– Albert, il faut faire quelque chose. Tant qu'il sera là, Pierrot nous fera des histoires ou nous en fera avoir avec tout le monde. Qui sait ce qu'il raconte aux gens ? Il est en train de nous mettre tout le village à dos. Eh bien on va leur montrer qu'on n'est pas plus bête qu'eux. Rira bien qui rira le dernier.

Chapitre 12

LA PETITE POSTE DU VILLAGE était dotée de deux factrices, d'un facteur, Pierrot, et d'une employée au guichet. Tous les jours de la semaine, y compris le dimanche, il y avait une permanence pour les télégrammes jusqu'à tard le soir.

Monsieur Bellot, le directeur, régnait sur ce petit monde en homme juste. Il fallait assurer le service de la meilleure manière possible, selon le règlement dicté par l'administration centrale. À côté de cela, s'il pouvait rendre service, il le faisait. Tous les employés le respectaient et il entretenait avec eux des rapports courtois, cordiaux, presque amicaux, dès que son autorité le lui permettait.

L'affaire qui lui tomba sur les bras vers la mi-décembre lui coupa le souffle, le laissa sans réaction. Pendant deux jours, ses employés ne le reconnurent pas. Pas très bavard d'habitude, monsieur Bellot était devenu silencieux. Il semblait tellement soucieux que le personnel s'inquiéta. Louise, la dame du guichet, avait beau réfléchir, elle ne trouvait dans le service aucune raison à ce changement. La caisse était juste, les facteurs avaient leurs comptes en règle ; cette situation était très désagréable.

Le troisième jour, lorsque Pierrot rapporta sa sacoche au bureau de poste et qu'il eut fait ses comptes, monsieur Bellot l'appela. Il le fit entrer dans son bureau, à côté de la salle de tri, et dont il ne fermait jamais la porte, la laissant toujours entrebâillée.

Ce jour-là, il la ferma.

– Asseyez-vous Pierrot.

Monsieur Bellot ne tutoyait pas Pierrot. Il estimait que pour être respecté un patron ne devait faire preuve d'aucune familiarité avec le personnel. Donc, le tutoiement était exclu.

– Dites-moi Pierrot, Amélie Lacaud a reçu un mandat ces jours-ci ?

– Oui. Sa pension vieillesse. Il y a une quinzaine de jours.

– Bien sûr, c'est elle qui signe le reçu.

– Non monsieur le receveur, vous savez bien qu'elle est aveugle. Je le signe depuis plus de deux ans.

– Le règlement vous l'interdit, vous le savez.

– Je sais, mais le règlement aura des difficultés à faire signer une aveugle.

– Pierrot, le règlement a prévu cela. Il suffit de faire contresigner deux témoins.

Il acquiesça.

– Vous avez donc manqué à deux choses monsieur Lespiaud. Un, au règlement ; deux, vous avez violé votre serment en imitant la signature d'Amélie Lacaud.

C'est vrai, mais elle ne s'en plaignait pas. Il refusait même le pourboire qu'elle voulait toujours lui donner, pour éviter qu'on puisse dire qu'il en profitait.

– C'est bien.

– Donc, si je comprends bien, à partir du mois prochain, il va falloir respecter ce fichu règlement ?

Monsieur Bellot ne répondit pas. Il semblait très ennuyé.

– Non ? Ce n'est pas ça ?

– Pas tout à fait, finit-il par dire.

– Alors c'est quoi ?

Difficilement, péniblement, il continua.

– Une plainte a été déposée contre vous à la direction centrale des P.T.T à Bordeaux. Celle ci a reçu une lettre expliquant votre façon de faire, peu réglementaire. L'inspecteur régional chargé de cette affaire a dû faire son enquête. Il a vérifié les talons des mandats depuis un an, il est venu voir madame Lacaud qui lui a dit tout le bien qu'elle pensait de vous et toute la confiance qu'elle vous portait.

– Alors tout s'arrange.

– Pas vraiment. L'inspecteur a remis son rapport au directeur. Celui ci pense qu'un facteur pouvant imiter une signature peut faire autre chose et que souvent c'est le début d'irrégularités plus grandes.

Pierrot se rebella. Enfin, on le connaissait. Il en était incapable.

– Moi je le sais. Et je l'ai même écrit à la direction. Mais la lettre dénonciatrice affirme que si ça ne suffit pas, il y aura d'autres exemples et d'autres témoins.

– Parce qu'il y a des témoins ?

– Il paraît. Je ne sais pas d'où ça vient. On ne m'a pas renseigné sur les sources.

– Moi, je crois savoir d'où ça vient. Bon Dieu, ce n'est pas possible !

Pierrot était abasourdi.

– Alors, que pense la direction centrale ?

Monsieur Bellot eut du mal à continuer. Il n'arrivait pas à répondre. Il reprit lentement.

– Elle pense que seule votre démission pourrait rendre au service public qu'est la Poste le sérieux qui n'aurait jamais dû la quitter.

Pierrot était abasourdi. Sa démission. La direction lui demandait de démissionner à cause d'une lettre anonyme pour sa gentillesse envers une aveugle. Non, ce n'était pas vrai.

– Hélas si, Pierrot.

Il y avait sûrement un recours. Un arrangement possible. Peut-être une mise à pied temporaire ?

– J'ai bien peur que non.

Pierrot était livide. Il avait du mal à encaisser le coup. Tout s'écroulait autour de lui.

– Mais que vont croire les gens ?

– Vous n'empêcherez pas les gens de croire ce qu'ils veulent. Je suis au courant de vos démêlés avec certaines familles. On pourra dire que vous ne souhaitez pas les histoires, et vous préférez partir pour les éviter. Que vous voulez mettre de la distance dans cette affaire pour réfléchir, car en passant tous les jours devant ces familles ce n'était plus possible. Personne ne parlera de faute professionnelle. En plus, même si au regard du règlement il y en a, elles ne veulent rien dire. En tout cas, si un jour lointain vous me demandez une réintégration dans les services de la poste, je ferai tout ce qui est en mon pouvoir pour qu'elle soit acceptée.

Pierrot était effondré. Comment avait-on pu en arriver là ? Il comprenait bien d'où venait le coup. Le seul témoin de cette affaire était Paulette, la cousine de Simon. Elle habitait à côté de chez Amélie, elle était au courant des mandats signés par Pierrot. De Paulette, on arrivait à Simon et à

Rosie. Qu'avait-elle promis à Paulette pour servir de témoin dans cette histoire ?

Monsieur Bellot avait préparé la lettre de démission. Pierrot n'avait plus qu'à signer. En prenant congé, il lui serra longuement la main. Il était ému. Triste.

– Pierrot, je te souhaite bonne chance. Vraiment. Je te regretterai.

Il l'avait tutoyé comme un fils.

En traversant le bourg, Pierrot avait la démarche d'un automate. Il s'arrêta au café et commença à boire. Il faisait beau. À la terrasse donnant sur les quatre routes, quelques personnes laissaient filer le temps devant un verre de Byrrh ou de Cinzano, en regardant passer les rares voitures et les charrettes chargées de billons au rythme lent des attelages de mules

L'intérieur sentait bon la limonade. Dans un coin de la salle, autour d'une petite table, quatre forts en gueule jouaient au « truc », ce jeu de cartes où le plus menteur gagne sans avoir besoin d'en rougir.

Dans une salle à côté, deux clients jouaient au billard en attendant leur tour pour se faire couper les cheveux chez le coiffeur installé en bout du bâtiment. Lui-même venait jouer entre deux coups de ciseaux.

Deux heures après, Hermance fit prévenir Paul : son fils était saoul, il voulait tout casser dans le bistrot. Paul arriva aussitôt. Pierrot était fou de rage. Il voulait aller au village casser la figure à Albert, à Rosie, à Bébert, il voulait kidnapper Francine. Le monde entier était dégueulasse. On allait voir ce qu'on allait voir. Tout le bourg connaissait maintenant les raisons de sa colère. Paul prit son fils par le bras et réussit à l'entraîner dehors. L'air frais sembla le ranimer un peu. Il cria plutôt qu'il ne dit : Papa ! et il s'effondra sur l'épaule de son père. Paul, ému, retrouva les mots affectueux qu'il n'avait pas dits depuis longtemps.

Dans le village, ce fut la consternation. Au bourg aussi. Le facteur démissionnait. Il avait, paraît-il, trouvé une place plus intéressante à Bordeaux. Non. Il était muté à Paris. Pas du tout, il signait des mandats pour les autres. En tout cas, c'était sans doute très grave, un inspecteur était venu chez Amélie. De police ? Sûrement. En tout cas, il y avait un nouveau facteur. Pas très causant en plus. Le premier jour, il avait rouspété, parce qu'il n'y avait pas de boîte à lettres chez les gens et qu'il n'était pas payé pour porter le courrier dans l'écurie ou ailleurs. Il faudrait arranger ça, sinon son syndicat ferait le nécessaire. Monsieur Bellot, lorsqu'il avait accueilli ce facteur envoyé par la direction, avait compris que Pierrot allait manquer encore plus qu'il ne l'imaginait.

Outré par ce départ, Ariste décida de faire une pétition. Il prit une page et écrivit en titre : Rendez-nous notre facteur. Il y inscrit son nom et signa. Il se rendit chez Ulysse qui signa aussi. Presque tout le village signa, mais Ariste ne pouvait pas aller chez les Meyre. Depuis le 11-Novembre, ils étaient en froid. De plus, il était sûr qu'on leur devait le départ de Pierrot. Quand même, il souhaitait connaître leur réaction et leur montrer qu'au village personne n'était dupe. Il fallait donc envoyer quelqu'un pour savoir. C'est ainsi que les Meyre virent débarquer un soir Fernand Cabucheau.

– Fernand, quel bon vent t'amène ?

– Je viens pour te montrer un papier.

On le pria d'entrer boire un verre.

Albert ouvrit une bouteille de vin blanc.

– Alors c'est quoi ce papier. Ça ne vient pas des impôts au moins ?

– Non. Ça vient de chez Ariste.

– De chez Ariste ? dit Rosie qui arrivait en s'essuyant les mains à son tablier, qu'est-ce qu'il a ce sournois, il ne peut pas faire ses commissions lui-même ? Il a peur ?

– Je crois pas, mais il faut dire que depuis le banquet... il ose peut-être pas.

Fernand prit la pétition dans sa poche, la déplia et la posa sur la table. Albert regarda, la poussa vers Rosie. Elle y jeta un œil, sourit, la redonna à Fernand.

– T'espérais quand même pas qu'on allait signer ?

– Si. Vos histoires n'ont rien à voir avec le travail de Pierrot.

– Ah parce que tu appelles ça du travail ? Boire un verre presque à chaque maison, se faire inviter à chaque mort de cochon. Rentrer souvent bien gai au bureau de poste, pour ne pas dire saoul ?

– Faut rien exagérer. Et puis pour les invitations, il n'obligeait personne.

– Signer les mandats pour les autres, là aussi, personne ne l'obligeait. Ah... si on pouvait tout dire !

– Dis donc Rosie, comment tu sais qu'il signait pour les autres ?

– Tu demanderas à Paulette.

Fernand essaya de défendre Pierrot. Si c'était vrai, pour la signature, c'était quand même pour une bonne cause, non ?

– Mais oui, mais oui. Ça commence toujours bien, mais ça finit souvent mal. Qui vole un œuf vole un bœuf.

– Eh là ! il a rien volé que je sache.

– Va savoir. Enfin, on en est débarrassé, on ne risque pas de signer pour le voir revenir.

Au récit de Fernand, Ariste eut la confirmation de ce qu'il pensait : les Meyre étaient responsables du départ du facteur.

Depuis sa démission, plus personne n'avait vu Pierrot. À part l'incident de chez Hermance, il ne s'était plus montré. Il avait envisagé toutes les hypothèses, toutes les solutions possibles, tout se bousculait dans sa tête. Ses parents ne l'avaient pas quitté d'un pas, l'entourant de leur mieux. Paul regrettait qu'il faille des situations comme celle-ci pour rapprocher un père de son fils.

Après mûre réflexion, il s'imposa vite une chose, il fallait trouver un emploi, mais sur place, il n'y avait rien. En hiver, le travail en forêt était inexistant. Les gemmeurs plantaient du gourbet sur la dune, et ils étaient assez nombreux. Pour du travail, il fallait aller en ville.

Le lundi, Pierrot prit le train de six heures pour Bordeaux. Il ne savait pas trop par où commencer. Il ne savait même pas comment commencer.

En sortant de la gare Saint-Louis, il voulut prendre le tramway pour le centre-ville, mais il venait juste de quitter l'arrêt. Il partit à pied, remonta le cours Saint-Louis. Arrivé cours du Médoc, il prit à gauche vers les quais.

En arrivant quai des Chartrons, l'animation était importante. Entre la voie de circulation, occupée sans cesse par les voitures et les tramways, et la Garonne, il y avait, protégés par de grandes grilles, les quais proprement dit. D'immenses hangars abritaient les marchandises déchargées des bateaux accostant dans le port, en provenance du monde entier. Les grues faisaient un ballet harmonieux dans ce ciel chargé de l'exotisme du voyage que représentaient ces navires battant divers pavillons. Le silence n'existait pas, à cause d'une véritable ruche humaine qui s'interpellait sans cesse. Des badauds regardaient à travers les grilles et les douaniers surveillaient les entrées et sorties de chacun. Pierrot, fasciné par ces mouvements, se transforma en badaud, regarda à travers les grilles. Derrière lui, les Klaxon des voitures, des camions et des tramways scandaient le bruit sourd de la circulation. Il fixa l'immense bateau que l'on déchargeait en face de lui. La cheminée fumait tout doucement. Il le fixa tellement que son regard se brouilla et il ne le vit plus. Sa pensée était partie vers le village de Francine. Que faisait-elle à cette heure ci ? Comment avait-elle pris la nouvelle de son départ ? Comment allait-elle réagir ? Toutes ces questions se bousculaient dans sa tête. Il l'imagina dans la cabane du bois de Jeanton et un frisson le parcourut. Une grande tristesse l'envahit. Seul au milieu de ces bruits, nouveaux pour lui comparés au calme du village, tout à coup il eut peur. Rosie avait gagné la première manche.

Trois énormes coups de sirène le ramenèrent à la réalité. Un paquebot tiré par deux remorqueurs quittait le port. Pierrot reprit sa marche le long des quais, sans savoir où aller pour trouver du travail. Après les Quinconces, il arriva en vue du Pont de pierre. Il était recouvert par la brume montant du fleuve à cette heure matinale. S'il avait été en promenade, Pierrot aurait trouvé le spectacle magnifique ; ce n'était pas le cas.

En arrivant quai Louis-XVIII, un panneau au-dessus de la porte d'un grand hangar attira son attention : « Embauche de dockers. » Sans conviction, il s'y présenta. Un homme d'une cinquantaine d'années, les cheveux grisonnants, assis derrière un bureau, le reçut. Il y avait déjà dans la pièce deux jeunes hommes. Il dit à l'homme qu'il cherchait du travail.

– ... Ouais, tu n'as pas l'air bien costaud.

– Oh, ça ne fait rien, dit-il, excusez-moi.

Il voulut repartir.

– Attends un peu. On va quand même voir ça.

Des sacs étaient empilés dans un coin.

– Ce sont des sacs de cacahuètes. Vous en prenez un sur le dos et vous allez le poser sur l'autre pile.

Les sacs parurent énormes à Pierrot et l'autre pile très lointaine.

– Ça pèse combien, se risqua-t-il à demander ?

L'homme aux cheveux gris le regarda, amusé.

– Tu les trouves gros ?
– ... un peu.
– Si ça te décourage, tu peux partir.
– Non, non. On y va.

Les trois hommes se placèrent dos à la pile et, prenant le sac par deux coins, le mirent sur le dos. Il fallait maintenant chercher son équilibre avant de faire dix mètres vers l'autre pile. Pierrot arriva le premier au bout, suant à grosses gouttes. L'effort l'avait rendu écarlate. Il fut rejoint par l'un des deux autres. Quand ils se retournèrent, le troisième était affalé par terre, le sac éclaté à ses pieds. L'homme aux cheveux gris trancha :

– Vous deux, vous embauchez demain matin à cinq heures et demie. Rendez-vous au hangar cinq. Vous serez payés tous les soirs. Ça vous va ?

Ça leur allait.

– Tant qu'à toi, tu comprends pourquoi je ne t'embauche pas ?

Il avait compris.

Pierrot était content, mais un problème se posait : l'embauche était à cinq heures et demie, il fallait donc trouver à se loger sur place.

Sur les conseils de son futur chef d'équipe, il se dirigea vers la rue Pomme-d'Or dans le quartier Notre-Dame. C'était un quartier animé entre les quais et le cours Portal. Il y avait là un hôtel où l'on pouvait préparer ses repas dans sa chambre. Germaine, la patronne, femme grassouillette à la soixantaine souriante, indiqua à Pierrot le prix et les conditions. Ils se mirent d'accord tout de suite. Côté cuisine, s'il ne savait pas, ou s'il n'avait pas envie, il suffirait qu'en descendant le matin il prévienne Germaine. Le soir, il trouverait un repas chaud dans une petite salle, avec d'autres.

Il se dirigea vers la gare Saint-Louis pour prendre le train de treize heures.

À dix-huit heures, il reprenait la direction de Bordeaux avec ses deux valises.

La chambre d'hôte lui sembla d'une grande grisaille et pleine de tristesse. Il mangea un sandwich que lui avait préparé sa mère. Il se coucha tôt, mais s'endormit avec difficulté.

Chapitre 13

LE NOUVEAU FACTEUR n'en faisait qu'à sa tête. Monsieur Bellot enrageait tous les jours davantage, mais ne pouvait rien dire, car celui-ci prenait le règlement à la lettre, suivant ainsi les directives de la direction. Dans le village, seuls les Meyre l'avaient bien accueilli. Dès le premier jour, ils lui avaient dit leur joie d'avoir enfin un facteur digne de ce nom. Depuis, entre eux, c'était le sourire permanent. Pour lui, c'était des gens bien, ils avaient un boîte à lettres, la seule du village, et leur portail était fermé. Parce qu'en plus on comprit très vite que l'homme de la poste avait peur des chiens. Lorsqu'il arrivait près des maisons, on entendait, venant de derrière un mur ou d'une haie, des « Kss Kss » pour exciter les chiens. Alors, le Médor de service fonçait tous crocs dehors. Là, la vélocité du facteur sur les pédales devenait saisissante. Le grand Robic n'avait qu'à bien se tenir. D'ailleurs le facteur hérita très vite de ce surnom. On ne disait plus : T'as vu le facteur ce matin ? mais Robic est passé ce matin ? Quand il apprit qu'on lui avait donné ce surnom, il fut très fâché, mais se calma vite ; la fin de l'année approchait, il allait présenter ses vœux et ses calendriers à sa clientèle.

Personne ne refusait le calendrier de la Poste. C'était utile. On y inscrivait tout. Le nombre d'œufs ramassés chaque jour, les dates importantes de la ferme. Celle où l'on amenait la vache au taureau, des cochonnailles et le poids du cochon. On y inscrivait aussi la date des batteries, et, le plus important, on y regardait la météo prévue et les phases de la lune. Les prévisions s'avéraient souvent exactes, tout au moins pour les tendances. Enfin, on l'affirmait. En réalité, les paysans n'avaient pas besoin de ça. Ils étaient capables, en regardant le ciel, la lune, l'aube ou le couchant et la direction du vent, de connaître parfaitement le temps à venir. Les promesses qu'ils lisaient dans le ciel étaient beaucoup plus fiables que celles du calendrier, faites, elles, un an à l'avance.

Lorsqu'il proposait ses calendriers, Pierrot arrondissait bien son mois. Souvent, dans toutes les familles, on en prenait deux. Un grand, et un petit à effeuiller tous les jours, humoristique.

Tous les matins, c'était la découverte d'une histoire drôle. Pourtant cette année, malgré le sourire intéressé retrouvé du facteur, il ne fit pas fortune. Presque tout le monde s'était rabattu, exceptionnellement, sur le calendrier de *Rustica.* Robic pouvait toujours pédaler, il n'aurait pas de prime d'étape !

Tous ces changements avaient assombri Francine. La conversation avec ses parents était devenue inexistante. Le silence s'installait. La grisaille envahissait tout. Heureusement, le travail occupait beaucoup. C'était l'époque du gavage des canards. Rosie en avait une vingtaine, qu'il fallait gaver deux, puis trois fois par jour. Francine participait à cette tâche importante, mais seuls les mots indispensables au travail étaient utilisés.

Noël approchait. Ce jour-là, Simon, Paulette et Bébert furent invités chez les Meyre, au grand regret de Francine qui voyait le piège se refermer. Elle n'avait aucune nouvelle de Pierrot. Elle n'avait pas son adresse et, si elle l'avait eue, elle n'aurait pas osé lui écrire, sans aucun doute Robic jouerait les espions. Elle ne sortait pas, ne voyait plus ses amies. Rosie avait fait scandale auprès de mademoiselle Amélia pour cette fameuse heure de liberté. Du coup, lui ayant déclaré qu'elle n'était pas garde-chiourme, mademoiselle Amélia lui avait conseillé de garder sa fille, en ajoutant cependant ce conseil :

– N'oubliez jamais qu'en voulant faire à tout prix le bonheur des autres on fait souvent leur malheur.

Rosie avait tourné les talons en riant et en lui envoyant cette phrase perfide :

– Pour donner des conseils à ceux qui ont des enfants, mademoiselle, il faut en avoir soi-même. Pour cela, il faut en être capable.

Mademoiselle Amélia avait été très choquée par ces paroles.

Françoise n'osait plus aller la voir, se doutant de la réaction de Rosie à son égard.

Le silence dans lequel Francine s'était enfermée devenait son complice. Dans ces moments-là, son imagination était à son comble. Les yeux fermés, elle était avec Pierrot. Au bal pour la fête de l'étang. Et surtout, elle revivait l'instant fabuleux qu'elle avait vécu dans la cabane du bois de Jeanton. Ce moment où elle avait découvert son corps de femme. Où les rêves les plus profondément enfouis en elle avaient été exaltés. Cet instant où la tendresse absolue, la communion totale des deux corps, lui avait montré un coin du paradis. L'émotion qu'elle ressentait en y pensant était toujours très forte. Aussi, à la fin du repas de Noël, quand Albert apporta la bouteille d'eau-de-vie et qu'ils trinquèrent sur les paroles de Rosie :

– Bon Noël, en espérant que le prochain nous trouvera tous réunis en une seule famille. Francine sentit monter en elle des sanglots, elle préféra sortir. Un moment plus tard, Bébert la rejoignit.

– Ça va Francine ?

Jamais ils n'avaient vraiment parlé tous les deux.

– Tu m'en veux ? demanda-t-il.

Elle ne répondit pas. Il prit ce silence pour un oui.

– T'as raison. J'ai jamais rien demandé... mais maintenant, je voudrais bien que ça arrive.

Elle se révolta :

– Tu sais très bien que j'aime Pierrot.

Il se raidit. Répondit d'un ton sec.

– Pierrot, il est parti et il reviendra pas.

Francine avait des larmes plein les yeux. Elle n'en voulait pas vraiment à Bébert. Elle savait bien qu'il n'était pour rien dans tout ça, qu'il n'était qu'un pion entre les mains de Rosie. Rien d'autre. Le mot pion déplut à Bébert. Il pouvait avoir lui aussi des sentiments, et il en avait. Ça lui était venu comme ça. Petit à petit. Sans qu'il s'en aperçoive. Maintenant il ne voyait pas pourquoi ça ne se ferait pas. Les Loubaney valaient les Meyre, et surtout ils valaient les Lespiaud.

– Tu l'oublieras ton Pierrot. Lui, il t'oubliera, et moi, je serai toujours là.

Francine partit sans répondre, elle n'en avait pas envie. De plus, les larmes l'empêchaient de parler.

Même le jour de Noël, il faut gaver les canards. En faisant son travail, elle ne put s'empêcher d'imaginer Bébert à son bras. Comme à chaque fois qu'elle y pensait, elle eut la nausée. Ce fut le premier Noël triste qu'elle vivait depuis sa plus tendre enfance.

Le mauvais temps qui avait sévi la semaine avant Noël avait bloqué les bateaux au large de Cordouan, en arrière du banc de la Mauvaise. Ils s'étaient mis à la cape en attendant des jours meilleurs. Lorsque, après la tempête, le bateau pilote avait pu les prendre en charge, le retard avait dû être rattrapé. Il fallait décharger les cales le jour de Noël. Pierrot, embauché depuis peu, fut désigné d'office. Il fit passer le message chez ses parents par un conducteur de micheline : il travaillait pour Noël, mais serait là le mercredi suivant, pour le jour de l'An. À six heures du matin, le vingt-cinq décembre, il chargeait sur un brout les sacs de quatre-vingts kilos d'arachide entreposés par les grues sur la terrasse du hangar cinq et les emportait vers une goulotte. Là, d'un coup sec de couteau, il tranchait le lien, et les cacahuètes se vidaient en direction des camions-bennes, qui les achemineraient vers les entrepôts des huiles Calvé.

C'était quand même Noël et vers midi et demi, avec ses collègues de travail, ils furent invités sur le bateau pour prendre l'apéritif et déjeuner. Le cuistot du bord avait préparé une dinde aux marrons. Ils prirent leur repas dans le carré de l'équipage. À la fin du repas, le cambusier apporta du cognac. À l'écoute des marins racontant leurs escales, Pierrot rêvait. Alger. Oran. Tunis. Dakar. Abidjan. Madagascar. Les filles à marins. Gentilles. Toujours prêtes à s'amuser. Les Blanches. Les métisses. Les Noires. Ces récits, hauts en couleur, aux escales de rêve à odeur d'épices et à l'horizon sans fin de l'océan, le faisaient voyager. Il se revoyait sur les bancs de l'école communale, lorsqu'il rêvait sur son livre de géographie, et où son imagination le promenait dans un monde loin de son pays. Maintenant qu'il n'était qu'à quelques kilomètres de chez lui, la seule escale dont il rêvait était Francine. Il la sentit proche et inaccessible. Douce et interdite. L'émotion l'envahit. Il sortit du carré, prit une coursive conduisant sur le pont. Là, face à la Garonne qui roulait ses eaux sombres sous le Pont de pierre, un immense cafard le submergea. La tête entre les mains, il pleura doucement.

Chapitre 14

Les jours avaient commencé à allonger. Le soleil se levait un tout petit peu plus tôt, mais il se couchait beaucoup plus tard. Depuis la Sainte-Luce, disaient les anciens, ils allongent d'un saut de puce.

Au village, on avait commencé les cochonnailles. Ariste avait demandé à Alphonse et à Ulysse un coup de main. Cette année, Alphonse n'était pas tombé dans le canal. Vers midi, alors qu'ils étaient occupés à boire le vin blanc en attendant de se mettre à table, Robic passa porter le courrier. Ariste n'avait toujours pas installé de boîte à lettres. Les voyant dans la cuisine, le facteur eut un sourire.

– Eh bien, on ne s'en fait pas.

– Pourquoi tu veux qu'on s'en fasse ?

– C'est la fête ?

– Oh non ! c'est la mort du cochon.

– Ah bon ?

Vraisemblablement il ne savait pas trop ce que c'était, encore un gars de la ville. Alphonse ajouta en pleurnichant :

– Pauvre bête. Il est mort bêtement il y a trois heures.

Ulysse, d'un revers de manche, s'essuya les moustaches :

– Alors, on en a profité pour le découper et le transformer en boudin. À quelque chose malheur est bon.

Robic comprit qu'on se moquait de lui et partit en claquant la porte. Ariste lui cria :

– Dis donc Robic, tu diras à Rosie que le cochon, il faisait deux cent soixante-six livres !

Il rentra en rigolant.

– T'y vas pas avec le dos de la cuillère toi au moins. Ils vont croire que c'est un monstre.

– Comme ça, ils sauront qu'on se fout de leur gueule.

Cette histoire de mariage avait brisé l'ambiance du village. Albert et Rosie s'étaient isolés de la plupart des voisins. Ils les pensaient systématiquement contre eux, et le message porté par Robic au sujet du cochon confirma leurs pensées.

À Bordeaux, Pierrot commençait à se faire à sa nouvelle vie. Si le travail était dur, la paye, elle, était très bonne. Il gagnait bien plus qu'à la Poste. Après les arachides, il avait travaillé à Bassens, à décharger des sacs d'engrais. C'était plus dur. L'odeur était forte. L'engrais en minuscules billes s'échappait des sacs, coulait dans le dos et ce n'était pas très agréable. Un bateau-navette prenait les dockers en face du hangar cinq, leur faisait faire le passage d'eau et les ramenait le soir. Un jour, Marcel, un copain de travail, dit à Pierrot :

– Aujourd'hui, tu me donneras cinquante centimes pour la gourde.

– Tu sais très bien que je ne bois pas.

– Je sais, mais tu dois payer ta part quand même, c'est la coutume. N'oublie jamais : les dockers sont une grande famille. On partage tout. Les peines, les joies.

Pierrot déboursa sans rien dire. Une fois pleine, la gourde circulait à tous les gosiers. Il fallait garder ses forces. Il s'abrutissait dans le travail, et les journées dures l'empêchaient de trop penser.

La rue Pomme-d'Or était calme. Sa chambre donnait sur la cour, loin du bruit, et le soir il s'endormait comme une masse. Germaine s'était prise d'amitié pour ce garçon. Il dînait parfois avec elle. Elle comprit vite qu'il se passait quelque chose dans la vie de Pierrot. Un soir, il eut envie de parler et lui raconta tout.

– Je me demande si tu ne ferais pas bien de l'oublier, à ta Francine.

À ça non, il n'en était pas question. Comment l'oublier ? Si Germaine la connaissait, elle ne dirait pas pareil. Il l'aimait trop cette fille.

– Tu l'aimes, tu l'aimes. Oui, depuis six mois. Vous vous êtes si peu vus ! Il faut plus de temps pour savoir.

Il savait. Il était sûr. Ce serait elle et personne d'autre.

– Alors, va voir ses parents. Dis-leur, d'accord ou pas, je la prends pour femme.

– Vous oubliez qu'elle est mineure. Rosie porterait plainte tout de suite pour détournement.

Devant une telle détermination, Germaine ne voyait plus qu'une solution, partir avec Francine sur un bateau pour l'étranger.

– Ah non, elle doit devenir ma femme devant tout le monde. Je ne veux pas qu'on dise : tu vois Pierrot est un salaud, il enlève la fille d'Albert. C'était peut-être vrai ce qu'on disait de lui pour les mandats ? Il fait les choses sans permission ? Mes parents ne s'en remettraient pas. Et mon orgueil non plus. J'aurai la fille et je reviendrai au village. Je n'ai qu'une solution, l'attendre en continuant de l'aimer. Même si c'est long.

Germaine était émue. Elle regardait Pierrot avec tendresse. Ce grand escogriffe costaud avait l'air tellement fragile. Tellement triste. Elle aurait voulu être sa mère pour pouvoir le prendre dans ses bras et le consoler.

– Et elle, tu crois qu'elle t'attendra ?

Oui. Il en était sûr. Il avait confiance en elle.

– Et si on la marie avec ce Bébert ?

À ces mots, il se raidit. Il se leva et partit directement dans sa chambre. Il ne voulait pas pleurer devant Germaine.

Le dimanche, au bourg, Pierrot tournait autour de l'église à la sortie de la messe. En vain, il ne voyait personne. Rosie allait désormais à la messe de huit heures le matin, et n'allait plus à vêpres. Aux grands maux les grands remèdes. Son bon Dieu la comprendrait sûrement et il la pardonnerait. Elle s'était confiée à l'abbé Durieux, il comprenait et il était fier d'avoir une paroissienne pour qui le bonheur de sa fille comptait plus que tout. C'était si rare en ce bas monde où les mœurs allaient à vau-l'eau. Son beau discours était alimenté par les sacs de pommes de terre et les douzaines d'œufs que lui portait Albert.

La fête de la Saint-Vincent approchait. Une légende locale affirmait que l'on avait retrouvé le corps du diacre sur une des plages de la côte toute proche. Il était donc devenu le saint patron de la paroisse. Ces jours-là, les forains s'installaient pour deux jours. Le dimanche matin, la Lyre jouait la messe, messe à laquelle l'abbé Durieux donnait de la solennité à grands coups d'encensoir. Les cousins des communes voisines rendaient visite à leurs cousins, leurs familles proches. C'est ainsi que les Meyre virent arriver les Lartigues, les cousins de Cussac. Après les embrassades, le « Tort » descendit de sa voiture quelques bonnes bouteilles de son cru, on les boirait tout à l'heure. Pour l'instant, il fallait se rendre à la messe. Quand Rosie et sa famille s'installèrent, l'église était presque pleine. Derrière, au premier rang des hommes, Pierrot. Une contrariété énorme s'installa au creux de l'estomac de Rosie, quand elle vit se croiser les regards de Pierrot et de Francine. Elle se doutait bien qu'aujourd'hui elle le verrait. La colère ne la quitta pas de toute la messe. En plus, à côté de Pierrot, il y avait ce mécréant d'Ariste, lui qui ne venait jamais à la messe ! S'il était là, c'était pour voir la tête de Rosie. À son sourire ironique, on pouvait imaginer ce qu'il pensait. À la sortie, Pierrot se débrouilla pour serrer la main de Jean Lartigues et lui présenter ses excuses. Il n'avait pas pu lui passer commande pour le vin, entre-temps il avait perdu son emploi à la Poste et n'avait pas pu voir ses amis. Il espérait d'ailleurs régler cette affaire au plus vite et revenir au village. Albert et Rosie avaient poussé Francine vers les forains sur la place, pour éviter qu'elle parle à Pierrot. Françoise put venir l'embrasser, mais elle n'eut pas le temps de lui parler, Rosie veillait au grain. Ils repartirent très vite vers le village.

Simon, Bébert et Paulette étaient du repas de fête. Heureusement, à table, Francine était à côté de sa cousine Marie-Jeanne et put ainsi passer un repas agréable.

L'après-midi, la fête battait son plein. Pierrot, René, Françoise et Suzy s'y retrouvèrent. Les gens s'agglutinaient devant les tirs, devant les marchands de couvertures et de linge de toutes sortes. Les loteries faisaient le plein tandis que les manèges tournaient en sifflant, comme la chenille, avec beaucoup de chocs et de cris, comme les autos tamponnantes. Les plus petits tournaient sagement sur des chevaux de bois, dans des bateaux ou dans des voitures en essayant d'attraper la queue d'un Mickey sauteur et baladeur. Ils pleuraient pour y monter, ensuite ils pleuraient parce qu'il fallait descendre, le tout dans une cacophonie de musique, de tirs, de cris, d'odeurs de caramel et de barbe à papa. Un peu à l'écart, il y avait, cette année, une tireuse de cartes. Elle était assise sur le petit balcon de sa roulotte et attendait les clients. Au-dessus de la porte, un écriteau : Tina, voyante extralucide. C'était une vieille femme, habillée de châles très colorés. Françoise, très curieuse de son avenir, insista pour aller consulter la vieille Tina. Pierrot avait peur des réponses qu'il entendrait et refusa.

René et Suzy ne croyaient pas à ces sornettes, par contre ils voulaient bien accompagner Françoise. Pour voir. Pierrot finit par céder, et ils entrèrent dans la roulotte.

Elle était bien tenue. Au milieu, une table ronde, sur laquelle était posée une boule de cristal et des jeux de cartes. Une lumière faible, rougeoyante, donnait le ton.

La vieille Tina avait la peau brune et ridée de ces gitanes à qui on ne donne plus d'âge. Ses cheveux, grisonnants et frisés, étaient serrés dans un chignon. Seules quelques mèches tombaient en cascade sur ses épaules. Un foulard essayait de les retenir un peu sur le sommet de la tête. Deux énormes boucles d'oreilles lui allongeaient le visage. Elle fumait une cigarette dont les volutes montaient vers l'ampoule rouge, dans des formes fantasmagoriques.

D'un geste de la main, elle invita ses clients à s'asseoir.

D'une voix rauque cassée par le tabac, elle demanda :

– Alors les enfants, on est curieux de son avenir ?

– Oui, se hasarda à répondre Françoise.

– Ne craignez rien, dit-elle en souriant, je ne suis pas une sorcière. Je suis une vieille femme et mon expérience de la vie, avec le secours des cartes, me donne la vision des choses. En vous regardant, je vois plus loin que votre visage. Plus loin que vos pensées. Les cartes m'indiquent le chemin de votre vie.

René rigola. Elle voyait donc ce qu'il allait devenir ?

– Eh oui petit. Je vois par exemple que tu aimes la petite rouquine à côté de toi, mais tu n'as pas encore osé lui dire.

René rougit. Il était stupéfait. Les autres avaient une envie folle d'éclater de rire. Pierrot avait reçu les confidences de René, et Françoise celles de Suzy. Ils n'osaient pas s'avouer leur amour naissant. Du coup, René, sans trop s'en rendre compte, prit la main de Suzy qui laissa faire.

– C'est bien, dit la vieille Tina. Vous serez heureux.

Elle s'adressa à Pierrot.

– Tu as l'air nerveux. Choisis cinq cartes.

La vieille Tina en retourna une.

– La tristesse est en toi garçon... Tu ne crois plus à ton avenir. Pourtant, toi aussi tu en as un à réaliser... Tu es dans une éclipse. Elle n'est pas encore terminée.

Elle retournait les cartes.

– Les jours sont longs quand ils sont vides. Tu vas pourtant rencontrer un soleil. Il va te donner une lumière, pourtant tu en attends une autre. Le temps va te paraître long, garçon. Pourtant, au soir de ta vie, lorsque tu compteras les jours, cette éclipse, avec le recul, te paraîtra courte. La vie est belle et, foi de la vieille Tina, elle est bougrement courte. Pour ne rien vous cacher, en lisant l'avenir dans vos yeux et dans les cartes, j'en prends un peu pour moi, comme ça, pour tricher et mentir à ma vieillesse. Vous êtes jeunes, vous avez la vérité. Le mensonge vient après. Pour se tromper soi-même. Et le temps, s'il te paraît long, finira par tout arranger. C'est vrai, dit-elle en souriant, la jeunesse n'a pas le temps. Un jour mon garçon, un soleil brillera pour toi seul.

Se tournant vers Françoise, elle lui fit choisir les cartes après les avoir mélangées.

– ... Beau tempérament... tu aimes la vie et tu la croques à pleines dents. Tu la dévores. Ne te presse pas, la vie est longue. Tu vis comme si le temps allait te manquer, alors qu'il t'en reste beaucoup.

Elle retourna une autre carte.

– Ah... tu veux beaucoup. Tu es en quête d'absolu.

Elle retourna la dernière carte. Poussa un soupir.

– Tu auras tout. Le papillon que tu es va voleter encore un peu, se poser sur une fleur aux pétales cassés, puis il va souffrir, mais finira par comprendre. On enfante toujours dans la douleur.

Françoise poussa un cri.

– Je vais avoir un enfant ?

La vieille Tina éclata de rire.

– Non, ne t'inquiète pas. Après sa douleur, le papillon sera surpris d'apprendre. Le bonheur n'est pas toujours où on le croit. Il s'amuse de nous. Pour le trouver, il faut faire le vide en soi... Oui, il faut faire le vide en soi. Tu apprendras parce que tu es élue.

Tina paraissait lointaine. Elle semblait absente. Même sa voix semblait changée. Dans un murmure, elle ajouta :

– Petit papillon, après avoir fait le vide, tu trouveras ton absolu... tu trouveras ton absolu. Et tu ne te mentiras jamais plus.

En sortant de la roulotte, René et Suzy étaient aux anges. Pierrot et Françoise trouvaient ses propos confus. Françoise pensait qu'elle trouverait l'amour absolu, mais dans la difficulté, tant qu'à Pierrot il ne semblait avoir compris qu'une chose, il trouverait un soleil, donc il remplacerait Francine et ça le rendait malheureux. Il n'en avait aucune envie. Cette vieille folle radotait. La vieille Tina était sûrement une illuminée, elle leur avait pris de l'argent pour raconter des sornettes. L'instant de réflexion passé, ils partirent monter dans les autos tamponnantes.

Ce que vit Pierrot lui fit plaisir. Bébert était sur la piste. Dès qu'il put, il le percuta avec force. Bébert se faufilait comme il pouvait, mais Pierrot arrivait toujours à le coincer. L'autre sursautait dans la petite voiture et commençait à trouver la plaisanterie un peu lourde. Des mots commencèrent à fuser :

– Alors Ben-doutch, tu ne sais toujours pas conduire ?

– Alors facteur véreux, t'es pas encore en prison ?

Pierrot était furieux. Quand le tour fut terminé, hors des voitures, ils se sautèrent dessus avec force. On tenta en vain de les séparer. À force, René y parvint. Alors, Bébert eut cette phrase qui résonna terriblement dans la tête de Pierrot :

– Dis donc jaloux, n'attends pas Francine, elle ne viendra pas à la fête, elle est fatiguée. Ah, j'oubliais : on se fiance vers la fin du mois d'avril.

Pierrot blêmit. Il voulut rattraper Bébert, mais celui-ci disparut prestement dans la foule. Pour Pierrot, la fête fut terminée. Comment Francine allait avoir la force de se fiancer avec ce pauvre Bébert ? Non, il avait à coup sûr inventé ça de toute pièce, pour mettre Pierrot en colère.

Ce que Pierrot ne savait pas, c'est qu'aujourd'hui, à la fin du repas, devant les cousins de Cussac, Rosie avait souhaité que Robert, c'est ainsi qu'elle l'appelait désormais, devienne son gendre dès le début de l'année prochaine, et que, pour cela, on pourrait prévoir des fiançailles vers la fin du mois d'avril. Simon avait dit sa joie de voir les deux familles unies, et il espérait du bonheur pour Francine. Quand ils la virent dehors, pleurer en silence, Jean et Marie-Jeanne Lartigues furent persuadés du contraire.

Il était tard, et Rosie décréta qu'ils n'iraient pas à la fête. Bébert y était parti seul. Quand il revint chez lui, tard dans la nuit, complètement saoul, le village était endormi. Seule Francine pleurait sur un amour impossible.

Chapitre 15

HUIT JOURS APRÈS LA FÊTE de Saint-Vincent, Pierrot fut surpris le dimanche soir de trouver Françoise dans le train pour Bordeaux. Voyant une valise posée par terre, il s'étonna :

– Tu déménages ?

Françoise souhaitait depuis longtemps trouver un emploi de secrétaire. Elle avait fait la demande auprès de plusieurs sociétés, et finalement la Société des chemins de fer économiques l'avait embauchée à l'essai, à la gare Saint-Louis. Ce soir, elle coucherait à l'hôtel des *Girondins,* mais dans la semaine elle espérait bien trouver une chambre en ville.

– Viens voir Germaine, rue Pomme-d'Or. C'est là où je suis. C'est très bien, c'est propre et le prix est correct.

Françoise chargea Pierrot de négocier avec Germaine, et ils se donnèrent rendez-vous le lendemain soir, dans le hall de la gare, sous la grande horloge dessinée sur une carte murale, ocre, représentant les lignes des Chemins de fer économiques de la région.

Germaine était d'accord pour l'héberger, la petite chambre au bout du couloir lui conviendrait à coup sûr.

Elle convint à Françoise. Le soir, si elle s'ennuyait, elle descendrait passer un moment avec Germaine. La rue Pomme-d'Or donnait sur le cours de la Martinique, et le cours Saint-Louis et la gare étaient à deux pas. Pierrot était content, il se sentirait moins seul. Ce serait bon d'avoir quelqu'un de chez soi. Bien qu'ils n'en soient pas loin, son village leur manquerait moins. Ils pourraient en parler, et surtout parler de Francine.

Cette semaine fut moins grise que les autres. Germaine leur servait de mamie. Ils se sentaient presque chez eux. Françoise avait emménagé simplement, mais la semaine prochaine elle apporterait de chez elle des objets pour décorer, arranger. Elle y mettrait un peu de chez elle. Souvent, le soir, elle écoutait Pierrot lui parler de Francine. Françoise aurait tellement voulu être aimée comme elle par un garçon aussi gentil. Lorsqu'il évoquait les fiançailles de Francine avec Bébert, il était fou de douleur. Il n'accepterait jamais. Françoise essayait de le calmer, c'était peine perdue, elle n'y parvenait pas. Pour changer de conversation, elle parlait de sa nouvelle place. Elle était contente et avait à coup sûr des possibilités de promotion. Le bureau était au premier étage. D'un côté, il donnait sur le cours Saint-Louis, d'où partaient les tramways. Elle entendait souvent le Klaxon au son de ferraille actionné par le wattman, pour signaler le départ de l'engin qui démarrait en crissant sur les rails. L'autre côté donnait sur les quais de la gare. Elle voyait souvent des gens du village débarquer. Bien que l'on trouvât presque tout ce qu'il fallait au village, Bordeaux, c'était la ville avec ses multiples commerces. On y venait au moins deux fois par an. En quittant la gare, le tramway numéro sept emmenait ses voyageurs place Gambetta. La rue de la Porte-Dijeaux et la très longue rue Sainte-Catherine offraient à tous un choix intéressant. Les grands magasins faisaient rêver, et l'on allait aux Dames de France ou aux Nouvelles Galeries pour voir, autant que pour acheter. Les étages y étaient desservis par un ascenseur conduit par un liftier habillé de rouge, qui passait sa vie dans des hauts et des bas de circonstances.

À la fin du mois de février, Françoise, installée convenablement, invita Germaine et Pierrot à venir planter la crémaillère. Après le repas du soir, ils se retrouvèrent dans la chambre de Françoise.

Des rideaux de couleur égayaient la pièce. Une tenture cachait le lit. Sur les murs, elle avait placé des reproductions de tableaux. Dans un coin de la pièce joliment décorée, sur une petite table ornée d'une nappe de dentelle, il y avait un gâteau, trois assiettes et trois verres. Sur le gâteau, une bougie.

– C'est votre anniversaire, demanda Germaine ?

– C'est un anniversaire, mais ce n'est pas le mien.

Germaine regarda Pierrot qui ne comprenait pas mieux qu'elle. En tout cas, ce n'était pas le sien non plus. Devant leur air curieux, François apporta l'information attendue.

– Je suis ici avec vous depuis un mois, donc c'est un anniversaire.

Ils prirent place autour de la table. Françoise découpa le gâteau, déboucha la bouteille de vin blanc.

– Comme le temps passe vite, soupira Germaine, déjà un mois.

Pierrot trouvait le temps très long au contraire. Il se rappela les paroles de la vieille Tina. Le temps, toujours ce temps qui fait et défait les choses. Il a prise sur nous, nous n'en avons pas sur lui. Il est insaisissable. Incontournable. Nous le vivons sans le palper, sans le maîtriser. Lorsqu'il était petit enfant, Pierrot voulait tout savoir, tout obtenir. Il demandait à sa mère quand et comment il pourrait avoir ceci ou cela.

comprendre ceci ou cela. Sa mère répondait invariablement : tu sauras plus tard. Quand tu seras grand. Tu as le temps. Ce temps semblait l'éloigner des choses dont il rêvait, des choses qu'il aimait et ça l'agaçait. Maintenant, adulte, le « plus tard » de sa mère était arrivé, il lui fallait pourtant encore attendre des jours meilleurs. Que ce soleil, vu par la vieille Tina, mettait du temps à venir.

Malgré ses soucis, la soirée ~~agréable~~ fut très agréable. Germaine raconta des histoires de sa jeunesse, faisait des comparaisons avec maintenant, un peu comme le faisaient leurs parents. Ils étaient bien avec elle. L'heure avançait, et elle prit congé. Pierrot aussi, allait se coucher. Demain, sur les quais, ce serait dur comme d'habitude.

– Pierrot, un dernier verre avant de partir, dit Françoise.

– D'accord, mais après j'y vais.

Le verre terminé, il se leva, tituba.

– Oh, j'ai trop bu, dit-il en riant.

– Moi aussi, ma tête vacille un peu. Une bonne nuit arrangera ça.

En se quittant, ils s'embrassèrent, mais le baiser de Françoise glissa de la joue sur le bord des lèvres de Pierrot. Il eut un réflexe de recul, puis laissa faire. Alors, elle le prit dans ses bras et l'embrassa avec fougue. Le vin. L'émotion. Leurs têtes tournaient. Elle l'attira vers le lit tout proche.

Un instant plus tard, ils basculaient dans le bonheur des corps.

Sans qu'il y pense vraiment, Pierrot trouva ce soir-là un autre soleil. Françoise se posa sur une fleur aux pétales brisés

Les prédictions de la vieille Tina commençaient à se réaliser.

Chapitre 16

BÉBERT ESSAYAIT, sans succès, d'apprivoiser Francine. Elle ne répondait pas à ses conversations. Plus souvent qu'avant, elle partait en forêt pour y pleurer, seule avec son chagrin. Les horribles paroles de sa mère lui revenaient en mémoire : les fiançailles fin avril, le mariage pour l'an prochain. Non. Elle ne voulait pas. Il n'en était pas question. Envisager de passer sa vie avec Bébert lui faisait froid dans le dos. Dans cette forêt complice, elle se rebellait, criait, hurlait sa colère. Le vent lui répondait en écho dans les arbres. Alors, épuisée, fatiguée de tant de peine, elle se laissait tomber contre un pin et elle pleurait. Elle aurait voulu se révolter, mais la crainte de sa mère la bloquait complètement. Elle espérait qu'avec le temps il se passerait quelque chose pour faire changer d'avis Rosie. Quelque chose pour qu'elle comprenne l'amour de sa fille pour Pierrot, et surtout que Pierrot était, malgré ses certitudes, un garçon bien. Quelque chose pour lui faire comprendre que les soixante hectares de Bébert n'étaient rien à côté du bonheur de sa fille. Francine commençait maintenant à le détester. Mais sa mère semblait loin des soucis de sa fille. Pierrot parti, Rosie était persuadée qu'il sortirait du cœur de Francine. Elle espérait qu'à la ville il ferait des rencontres et remplacerait très vite sa fille. Elle en était sûre, le temps travaillait pour elle.

Trois ou quatre fois par an, Rosie allait à Bordeaux. Elle y faisait des achats, mais elle allait surtout à la banque, pour vérifier ses titres et ses actions. Selon la formule, le bas de laine se remplissait, les paysans n'utilisaient plus la pile de draps de l'armoire comme coffre, les banques bordelaises avaient pris le relais.

Au retour du voyage qu'elle fit au mois de mars, Rosie apprit une chose qui lui fit un plaisir immense. En rentrant, si elle cacha sa grande joie, elle put tout de même profiter de cette nouvelle pour conforter sa position auprès de sa fille.

Ce lundi-là elle avait fait le voyage du retour de Bordeaux avec Suzy, l'apprentie coiffeuse. C'était son jour de repos, et une fois par mois elle allait prendre des cours en ville pour passer son C.A.P.

Le soir, au retour, dans la micheline, elles bavardaient de tout et de rien, lorsque Suzy demanda :

– Vous avez vu Françoise ?

– Non, où ça ?

– Elle travaille à la gare Saint-Louis.

– Il y a longtemps ?

– Bientôt deux mois. Du coup, elle habite Bordeaux. Je l'ai vue ce matin.

– Elle a loué un logement ?

– Une chambre dans un hôtel meublé. Le même où loge Pierrot.

Rosie ne répondit pas. La conversation prenait tout à coup de l'importance, devenait intéressante. Connaissant Suzy, elle la laissa parler. Ne sachant pas tenir sa langue, elle raconterait tout ce qu'elle savait. Et elle raconta. La chambre, trouvée grâce à Pierrot. L'hôtel de Germaine, dans lequel on pouvait dîner entre clients et amis si on le voulait, chez qui Françoise s'y trouvait bien. Et puis, dans la conversation, elle avait compris qu'entre Françoise et Pierrot... Enfin, ce qu'elle en disait... Mais Françoise avait l'air heureuse. À la mine surprise de Rosie, Susy s'inquiéta :

– Vous ne voyez pas ce que je veux dire ?

Bien sûr, Rosie avait compris. Elle fit croire le contraire pour se le faire confirmer. Haussant les épaules et plissant les lèvres, elle dit :

– Non.

– Enfin... si ça continue… ils ne loueront peut-être plus qu'une seule chambre.

Rosie rétorqua avec un bon sens de paysan :

– C'est bien. Au prix où sont les choses, ça leur fera faire des économies. C'est très bien.

Encouragée par l'attitude de Rosie, Suzy voulu quand même se justifier :

– Je ne sais pas pourquoi je vous dis ça, mais… il me semble que si Francine savait... même si ça lui fait de la peine... elle arrêterait peut-être d'espérer pour rien. Ça m'embête que ce soit moi qui vous l'apprenne.

Rosie se voulut rassurante.

– Tu as bien fait Suzy. Ne t'inquiète pas, tu as très bien fait. Comme ça, la situation est plus claire, c'est mieux pour tout le monde.

Rosie crut étouffer de joie. Quand elle raconta l'histoire à Albert, venu l'attendre à la gare, il fut ravi. Il fallait l'apprendre à Francine. Elle comprendrait mieux l'attitude de ses parents. Ah, elle les avait trouvés durs avec elle. Heureusement qu'ils l'avaient été. Avec Bébert, ce genre d'aventure ne risquait pas d'arriver. Il ne tournait pas autour des filles lui. Il travaillait. C'était tout. Ce Pierrot était vraiment un paltoquet. Et Françoise, la soi-disant meilleure amie, n'était en fait qu'une petite roulure. C'est sûr, ils formeraient un couple parfait.

– Tu comprends mieux maintenant pourquoi on ne voulait pas de lui ? Ça nous ennuie ma chérie d'avoir à te dire ça, mais c'était à prévoir.

Non, Francine ne comprenait pas. Elle aimait Pierrot et Pierrot l'aimait. Elle en était sûre. Suzy avait raconté n'importe quoi. D'ailleurs, elle disait souvent n'importe quoi. Comme ça. Pour se rendre intéressante. Rosie l'affirma, Suzy répétait les propos de Françoise, elle l'avait rencontrée le matin même.

Francine était effondrée. La douleur lui tordait le cœur. Françoise. Son amie papillon. Elle l'en savait capable. Elle oui, mais Pierrot… !

Rosie ajouta un argument de choc :

– Tu penses, ils sont dans le même hôtel. Il n'y a rien de plus simple, juste un couloir à traverser.

– Peut-être un hôtel de passe, ajouta Albert avec ce mépris qu'ont les hommes qui n'ont jamais osé y entrer en parlent.

Francine sanglotait. Rosie s'approcha d'elle, voulut la prendre dans ses bras :

– Il ne te reste plus qu'à l'oublier. Quant à nous, nous allons fixer la date des fiançailles.

Francine se détacha de sa mère en hurlant et partit s'enfermer dans sa chambre. Elle dormit très mal, des cauchemars hantèrent son demi-sommeil. Elle se voyait avec Pierrot. Des papillons dansaient autour d'eux. Soudain l'un d'eux se transforma et prit l'apparence de Françoise, et, sous le regard étonné de Francine, prit la main de Pierrot et partit en l'entraînant.

Au petit matin, le visage rongé par les larmes de toute une nuit, elle était pâle comme une morte. En cachette, elle partit dans les bois. Le soleil se levait. Rouge. Une brume naissante enlevait du relief à la forêt. Dans le silence du matin, on entendait tinter l'esquirot, la clochette du mouton chef de file. Un troupeau partait pour la journée. Sûrement celui du vieux Bérard, un moutonnier des environs. La journée allait être magnifique avec cette brise d'est. Francine se dirigea vers la cabane après le crastioù, rempli d'une eau qui chantait en passant sous le pont à cause de branches faisant barrage. Peu sensible à l'environnement, elle avançait comme un automate. Elle avait pris une décision. Irrévocable. En entrant dans la cabane, elle prit une corde accrochée à une vieille pointe. Sans la moindre émotion, avec beaucoup de sérénité, elle monta sur la table, accrocha la corde à une poutre, fit un nœud coulant, le passa autour de son cou. En faisant cela, elle avait petit à petit retrouvé son sourire. Il lui semblait pouvoir atteindre quelque chose qu'elle seule avait décidé, sans s'occuper des autres. Les yeux fermés, elle s'adressa à son amour : « Pierre je t'aime », et elle sauta de la table.

Ce matin-là, Pierrot, en prenant son petit déjeuner, était silencieux. Germaine s'inquiéta de sa santé. Il la rassura. Ce n'était rien, ça passerait. Françoise, en descendant de sa chambre, but son café rapidement, embrassa Pierrot au passage et partit à son travail. La nuit avait été agitée, elle s'était levée en retard. Le soleil pointait au-dessus des quais. La journée serait bonne. Belle. La nuit suivante aussi. Pierrot était plus réservé. Les nuits qu'il passait avec Françoise étaient agréables, mais il pensait toujours à Francine. Et ce matin, il ne savait pas pourquoi, plus que jamais. Il l'imaginait sous le regard courroucé de Rosie. Son cœur se serra. Comment finirait cette histoire. Au fond de lui, il était sûr d'aimer Francine, mais Françoise le tentait toujours, et si son cœur partait vers Francine sa chair brûlait pour Françoise. Il aurait voulu être plus vieux de quelques mois, pour être débarrassé de ce choix cruel. Germaine comprit bien cela. Elle lui dit de prendre patience, tout finirait par s'arranger. Bien sûr, pensa-t-il. Mais est-ce que j'ai le temps ? Il partit vers son dur travail. Les quais ne faisaient pas de cadeaux. Il n'aurait pas le temps de trop penser. C'était mieux comme ça.

Le chien aboyait sans cesse. Le vieux Bérard, canne à la main, besace sur le dos le siffla, l'appela.

– Péka, viens ici.

Péka ne venait pas. Il aboyait très fort à la porte de la cabane. Intrigué, le vieux Bérard s'approcha. Entra à la suite du chien.

– Nom de Dieu ! cria-t-il

Jetant sa canne, il se précipita, releva le corps de Francine, prit son couteau qui ne le quittait jamais et trancha la corde. Francine était inerte. Le teint violacé. Le vieux Bérard se pencha sur elle, il lui sembla percevoir un léger souffle. Il l'allongea par terre. À ce moment, il entendit quelqu'un appeler :

– Francine, Francine !

Il sortit de la cabane en criant.

– Par ici, vite, par ici !

Albert se précipita. En voyant sa fille inerte, il eut très peur.

– Francine, Francine, dit-il atterré.

Le vieux Bérard se voulut rassurant :

– Je crois qu'elle vit encore, mais il faut vite un docteur.

Avec d'infinies précautions, ils la ramenèrent à la maison. Rosie, découvrant la scène avec horreur, pesta contre cet assassin de Pierrot, tandis qu'Albert partait au bourg chercher le docteur. Francine n'avait pas repris connaissance à son arrivée, mais semblait mieux respirer. Le docteur Henry lui fit deux piqûres, resta un grand moment auprès d'elle, dit qu'il repasserait ce soir et ne cacha pas son inquiétude.

Francine eut une journée agitée. Il semblait pourtant que la vie reprenait le dessus petit à petit. Dans l'après-midi, elle ouvrit à demi les yeux. Son regard hébété posait des questions silencieuses. Puis elle sembla repartir dans un demi-coma. Quand le médecin revint le soir, elle était à peine éveillée, et restait sans force. Il demanda à rester seul avec elle. Rosie eut un geste de révolte mais capitula devant la fermeté du médecin.

Francine était encore très choquée. Le docteur s'assit sur le bord du lit. Doucement, il lui prit la main :

– Francine, tu vas mieux ?

Elle voulut répondre, mais aucun son ne sortit de sa bouche.

– Ça va être dur pendant quelques jours. Ne te force pas à parler. Fais-moi signe, ça suffira. Tu vas mieux ?

Elle fit oui de la tête.

Il lui parla. Longtemps. La rassura. Elle s'en sortirait. Quel geste inutile avait-elle commis. Elle n'avait pas le droit. Elle était si jeune. L'avenir était devant elle.

– Même s'il te paraît gris, je suis sûr qu'un jour tu verras le soleil.

Il se fit paternel :

– Je vais te raconter une histoire. Il y a plus de trente ans, un jeune homme était amoureux fou d'une jolie jeune fille. Elle était pour lui la femme idéale. Ils faisaient des projets communs, et pourtant, un jour, contre toute attente, cette fille partit. Comme ça. Sans raison. Elle en choisit un autre. Le choc fut tel que le jeune homme prit des barbituriques et resta quatre jours dans le coma. Il devait être résistant, car il s'en remit. Mais il trouvait la vie sans goût. Sans joie. Sans but apparent. Un jour, alors qu'il ne s'y attendait pas du tout, il découvrit un autre amour. Aussi beau. Aussi grand. Il comprit qu'il pouvait encore aimer. Il se maria, eut deux enfants et fut très heureux.

Des larmes coulaient sur les joues de Francine. Le docteur poursuivit.

– Et il est encore très heureux aujourd'hui. Cette histoire Francine, c'est mon histoire.

Elle lui prit la main. Le docteur était ému. Cette journée avait remué son passé. Sa jeunesse. Il allait la sortir de là, mais il fallait qu'elle le veuille, qu'elle l'aide.

– Tu vas t'en sortir Francine. Tu vas penser à autre chose. Si c'est nécessaire, tu oublieras. La vie vaut la peine d'être vécue. Crois-moi. Il te faudra beaucoup de repos, et ce serait mieux si tu ne restais pas ici. Les souvenirs, tu comprends.

Francine articula faiblement :

– Cussac.

– Je m'en occupe avec tes parents.

Quand il sortit de la chambre, Rosie et Albert étaient anxieux.

– Alors ?

– Elle s'en sortira.

Albert était anéanti. Inquiet. Elle pourrait recommencer un jour, non ?

– À mon avis, elle ne recommencera pas. Ce n'est pas une suicidaire, expliqua le docteur Henry. C'est l'accident consécutif à une situation apparemment ingérable pour elle. C'est le trou devant soi pendant cinq minutes où la mort apparaît comme la seule issue. Elle ne m'a rien dit, mais je suis sûr que les racontars colportés au village à son sujet sont les indicateurs évidents de sa dépression et de sa décision.

– C'est la faute de ce salaud de Pierrot ! hurla Albert.

Rosie ne fut pas en reste :

– C'est vrai, on l'avait prévenu que c'était un bon à rien.

Le docteur durcit le ton. Devint ferme :

– Un conseil : cessez de juger. Essayez de comprendre si ce n'est pas trop vous demander. Mettez-vous dans la tête qu'on ne peut maîtriser et programmer toutes choses. Elle s'en sortira, mais il lui faut du repos en dehors d'ici. Elle souhaite partir pour Cussac, cela me semble raisonnable.

Trois jours après, Francine était à Cussac.

Dès son arrivée, Marie-Jeanne la prit en charge. Sa chambre donnait sur les vignes. Elles descendaient doucement vers la Gironde et faisait un décor magnifique, changeant à chaque saison. Il faisait beau, et on pourrait faire des promenades après déjeuner. Marie-Jeanne et Jean Lartigues n'avaient pas d'enfant, aussi ils reportèrent toute leur affection sur Francine dans cette convalescence délicate. Ils firent comme si rien n'était arrivé. Ne lui posèrent aucune question pouvant rappeler le drame qu'elle venait de vivre. Elle était là pour se reposer. Un point c'est tout. Quelques jours après son arrivée, alors que Jean faisait la sieste, Marie-Jeanne et Francine se promenaient dans le chemin des vignes qui longeait la rivière. L'après-midi était ensoleillé. Francine avait toujours la voix enrouée. Bien qu'encore faible, elle allait mieux. Tout à coup, elle parla :

– Tu sais cousine, j'ai vraiment voulu mourir.

Marie-Jeanne ne répondit pas.

– J'ai cru que c'était la seule solution. Que tout était fini. Quand j'imagine Bébert à mon bras, j'ai la nausée. Quand j'ai imaginé Pierrot dans les bras de Françoise, j'ai eu envie de mourir.

Marie-Jeanne comprenait. Elle avait une inquiétude :

– Tu as eu... tu n'as plus ?

– Non. Je dois la vie au vieux Bérard, ou plutôt à son chien. C'est drôle non ? C'est grâce à un chien si je suis là. En me sauvant, le vieux Bérard m'a fait renaître à une autre vie, et le docteur aussi.

– Les médicaments qu'il t'a ordonnés sont bons.

– Ses médicaments oui. Il m'a ordonné aussi d'espérer et ici, dans ce décor, j'ai envie de vivre.

Sa garde-malade approuva. La vie était belle. Francine était jolie. Il n'y avait aucun problème : « Tu trouveras d'autres Pierrot. »

– Oh non cousine, je l'aurai lui ! Il est peut-être dans les bras de Françoise, mais Françoise est un papillon. Elle ne s'attache pas. C'est moi qu'il aime et il va s'en apercevoir de plus en plus.

Marie-Jeanne était sidérée. Si Rosie entendait la détermination de sa fille, elle se trouverait mal, c'est sûr. Qu'est-ce qu'elle allait dire ?

– Elle dira ce qu'elle voudra. Moi, maintenant, je sais ce que je veux, et je l'aurai.

Marie-Jeanne éclata de rire.

– On nous a changé notre Francine. Elle ressemblait à son père, voilà qu'elle imite sa mère.

– C'est normal, j'ai leurs deux sangs dans les veines.

La promenade continua sous les rires. La rivière n'avait jamais paru aussi belle à Francine et à Marie-Jeanne.

Le soir, pendant le repas, Francine demanda pourquoi ils ne lui avaient jamais posé de questions sur cette tentative de suicide ? Le cousin Jean expliqua que Rosie ayant tout raconté, il était inutile d'en rajouter. Plus vite on oublierait, mieux ça serait.

– Tu en as parlé quand tu en as ressenti le besoin. C'est bien comme ça. Nous devons respecter la liberté des autres.

Francine fut émue :

– Ce sont des parents comme vous qu'il m'aurait fallu.

Non, elle se trompait ses parents étaient bien. Seulement, leur conception du bonheur passait par des priorités qui leur étaient propres. Ils avaient leur vérité, et elle était loin de celle de Francine.

– Je suis sûr qu'ils ne veulent que ton bonheur, mais à leur manière.

C'était la première fois qu'elle entendait parler son cousin ainsi. À cause de sa démarche qui le faisait appeler « le Tort », on l'imaginait d'une simplicité telle qu'elle empêchait la réflexion en dehors de son travail. Là, ce soir, il apparut grand aux yeux de Francine.

– Ils ne veulent pas de Pierrot, continua-t-il, ne te fâche pas contre eux. Démontre-leur, petit à petit, comment tu souhaites construire ta vie. À ta manière. À ta façon. Si tu te trompes, tu assumeras. Ton bonheur devrait être le leur. Si ce n'est pas le cas, il faudra qu'il le devienne. Ne les juge pas, tu dois les convaincre. Et si par hasard, une fois majeure et femme de Pierrot, ils ne voulaient plus te voir à cause de cette union, dès que tu auras un enfant amène-leur malgré tout. Les enfants sont des réconciliateurs de talents. Ils font, avec un seul sourire, ce que tu n'auras pas su faire avec des milliers de mots.

Francine prit la main de Marie-Jeanne et de Jean. Elle était très émue.

« Le Tort » continua sur un ton plus gai :

– Allons, puisque ça va mieux, nous allons nous mettre au régime.

Devant l'air surpris des femmes, Jean se leva, prit une bouteille de vin vieux et le sucre en morceaux.

– Dorénavant, un verre de vin sucré le midi, et un verre de vin sucré le soir. C'est le meilleur des médicaments. Avec ça, on va chasser toutes les idées noires et, dans huit jours, on va être dans unc forme éblouissante.

Un vrai bonheur se lisait sur le visage de Francine.

Chapitre 17

FRANCINE ÉTAIT PERSUADÉE que Françoise, papillon, ne s'attacherait pas. Elle se trompait, le papillon s'attachait. Françoise était amoureuse de Pierrot. Déjà, pour le bal à la fête de l'étang, elle avait eu un pincement au cœur en les voyant danser. Plus tard, rencontrant Francine chez elle, sur la demande de Pierrot, elle avait découvert, sous le vernis de l'homme léger, un personnage attachant, tendre, sincère, vrai avec lui-même. Depuis ce jour-là, elle le regardait d'une manière différente. Bien sûr, elle savait qu'il aimait Francine et qu'il ne l'oublierait pas facilement ; pourtant, elle s'était mise à espérer. Après tout, la vieille Tina lui avait dit qu'elle rencontrerait l'amour absolu dans la souffrance. Elle touchait peut-être le but. Elle s'armait donc de patience.

Pierrot était mal dans sa peau. Il s'en voulait de tromper Francine. Perdu, il ne savait plus que faire. Il s'abrutissait dans le travail pour oublier la complexité de sa vie. Il était toujours au hangar cinq et, depuis deux jours, il y avait un nouveau. Ce n'était pas un homme de la campagne, ça se voyait à son allure. D'ailleurs, Marcel le trouvait bizarre. « Méfiez-vous, disait-il, il parle avec des mots de gens instruits. »

Pendant le repas de midi, pris en commun dans le hangar, assis sur des caisses, la conversation était animée. La semaine sainte arrivait et ce mécréant de Marcel se moquait d'un de ses copains parce qu'il allait faire ses pâques. La liberté de penser existait, affirma le nouveau, et chacun était libre de faire selon son opinion. Ça ne regardait personne.

– Ah ! parce que tu crois à ces conneries, toi le nouveau ?

– Trois choses mon vieux. Je m'appelle François, je crois à ces conneries, comme tu dis, et je les prêche : je suis prêtre-ouvrier.

Marcel le regarda avec des yeux ronds. Il n'en croyait pas ses oreilles.

– Putain, tu pouvais pas le dire avant ?

Dans un sourire, François répondit :

– Je suis là depuis ce matin et je te le dis. Ça aurait changé quoi si tu l'avais su à six heures ?

– Ça aurait changé que je ne serais pas resté dans ton équipe. C'est tout.

– Ah bon, reprit François, tu bouffes du curé ? Méfie-toi, c'est indigeste.

Les autres éclatèrent de rire. Marcel se leva et partit.

– Faut l'excuser, il n'est pas méchant. C'est un con, dit Pierrot, c'est tout.

– Pas du tout. Il a des convictions, c'est respectable.

– Ah d'accord, tu tends l'autre joue.

– En réalité je respecte l'homme. Si tu appelles ça tendre l'autre joue, alors oui.

– Curé, on va plus pouvoir se parler comme avant.

– Eh bien merde, manquerait plus que ça, dit François. Le prêtre-ouvrier, il travaille et il parle comme un ouvrier. Je ne suis pas là pour donner des leçons, plutôt pour en prendre. Au séminaire, on ne sait rien de la vie. On est à l'abri de tout. La vie, on la découvre quand on sort, et à l'extérieur c'est plutôt curieux. Comme une paroisse ne me tentait pas, j'ai choisi de travailler. Je gagne ma vie sans faire la quête, et j'aide dans une paroisse en ville. Je ne me sens pas fait pour enterrer les morts.

– T'es un orgueilleux, dit le Colosse, surnommé ainsi parce qu'il mesurait un mètre soixante et pesait cinquante-cinq kilos, ce qui ne l'empêchait pas de soulever les sacs de quatre-vingts kilos. T'as honte de faire la quête, et t'as raison. Tu préfères gagner ta vie, ça me plaît.

– Tu serais pourtant bien dans un village, dit Pierrot. Dans le mien, le curé est choyé. Les paysans le nourrissent. Quand il revient des processions de la Saint-Marc, sa voiture est pleine.

– C'est normal. C'est une façon d'honorer le bon Dieu.

– Ça honore surtout l'estomac du curé, rétorqua le Colosse. Pourtant, ça ne l'empêche pas de nous engueuler le dimanche à la messe. Et le règlement par-ci, et le règlement par-là. Il faut pas faire ci, il faut pas faire ça. À croire que ton Dieu, il nous a mis sur terre rien que pour nous faire chier.

François sourit à tant de spontanéité. La vérité était là. Avec les hommes.

– Je ne suis pas d'accord avec l'attitude de ton curé. Un ami séminariste me disait qu'un curé fonctionnaire était un traître. Mais quand même, mon Dieu, il te respecte un peu plus que tu sembles le respecter.

– Oh, je le respecte, mais quel gendarme ! En plus celui-là, tu peux pas l'éviter, il paraît qu'il te voit partout. T'as qu'à croire si c'est facile.

François éclata de rire. Cette naïveté était merveilleuse. Il apprenait beaucoup avec ces ouvriers. Dans des moments comme celui-là, il se félicitait de son choix. En paroisse, à l'écoute des dames patronnesses, il pensait qu'il aurait perdu la foi très vite. Entre kermesse et loto, petits fours et vin de messe, son désir de voir cette société se débarrasser de ses lourdeurs et de ses préjugés aurait sans doute disparu. Les mots de la République laïque Liberté, Égalité, Fraternité ne le gênaient pas. Au contraire, ils convenaient tout à fait à ses principes. Il y avait ajouté une conviction religieuse qui alimentait son sacerdoce. Une voix d'amour, de liberté et de justice criait en lui. Il devint très vite le meilleur ami de Pierrot. Il en fit son confident, mais pas son confesseur. Il lui raconta son amour contrarié. Puis, plus tard, sa liaison avec Françoise. Il parlait librement. François écoutait sans juger. Avec attention. Après un silence, il dit :

– Tu sais Pierrot, la vérité est en soi. Nous seuls savons ce que nous voulons. Le chemin pour y arriver est souvent simple, mais notre manière de voir les choses l'obscurcit. Si tu aimes encore Francine, tu ne dois pas te le cacher et tu dois mettre en œuvre les moyens pour la retrouver. Mais pour cela, tu dois faire mal à Françoise, tu dois la quitter. Fais attention, elle a l'air fragile malgré son air assuré.

Pierrot était sûr d'une chose, il aimait Francine. Ce qui le gênait, c'était la gentillesse de Françoise. Il avait couché avec elle un soir de cafard. Sans le vouloir vraiment. Sans le souhaiter. Comment faire maintenant ? François comprenait. En paroisse, cette conversation aurait sans doute eu lieu dans un confessionnal. Raconté comme un péché. Là, l'histoire était racontée comme une détresse. Comme un appel attendant un secours, pas une pénitence pour sanction. Raconté comme ça, il pouvait donner l'espoir dans la clarté. Pas dans l'ombre et l'anonymat, protégé par une cloison de bois. Comme il était heureux de vivre cela.

– Il nous a été donné d'être bons et généreux, il nous a été donné aussi le choix des armes. Alors certains sont venimeux. Certains sont des loups. Ceux-là sont la cause de ton départ et de tes ennuis Pierrot. Ne fais pas comme eux. Ne sois pas loup.

Pierrot ne se faisait aucune illusion :

– Tu penses, si c'est écrit.

François éclata de rire :

– Bravo, je vois que tu as écouté les sermons de ton curé. Je ne voudrais pas te contrarier, cependant, à mon avis, rien n'est écrit. Le Dieu auquel je crois n'a donné qu'un ordre formel : aimez-vous les uns les autres. Tant qu'au « c'est écrit », il nous a peut-être donné l'encre et l'alphabet, mais il nous laisse écrire notre vie dans la plus totale liberté. Alors, il ne te reste plus qu'à écrire toi-même la tienne Pierrot. Je te prêterai un livre très beau : *Le Petit Prince.* Il y a écrit une phrase fantastique : « On est responsable de ce que l'on a apprivoisé. » Pierrot, tu es responsable de Francine, mais, attention, Françoise est en train de s'apprivoiser.

Pierrot était très étonné par ce discours. Il le trouvait déroutant. François lui conseillait de se prendre en charge. Il voulait bien, mais ne savait comment faire. Lorsque Françoise était dans ses bras, elle paraissait si heureuse, comment lui dire qu'il aimait Francine plus qu'elle ? C'est vrai qu'il l'aimait bien, pourtant, même dans les moments très intimes, c'est à Francine qu'il pensait. Il devait à tout prix clarifier la situation. Plus il réfléchissait, plus il se persuadait qu'il ne s'était pas trompé : Francine était bien celle qu'il aimait. Un soir où il était taciturne, Françoise s'inquiéta :

– Tu as l'air lointain.

– ... non, ça va.

Elle sentait bien qu'il était ailleurs. Le ton confirmait.

– Tu peux dormir dans ma chambre ce soir si tu veux.

Il ne le souhaitait pas. Non, pas ce soir. Le regard ailleurs, il se leva pour partir.

Françoise se fit tendre. Câline. Amoureuse.

– J'aime passer la nuit avec toi, me réveiller le matin dans tes bras.

Elle se rapprocha de lui, il se détourna. Il avait pris sa décision. Il fallait qu'il lui parle. François avait raison. Il n'avait pas le droit de mentir à Françoise.

Il se retourna, lui fit face. Il parla vite :

– J'ai quelque chose à te dire Françoise, mais je ne sais pas comment te le dire.

Elle resta silencieuse un moment. Un voile passa dans ses yeux. Au fond de son cœur quelque chose se brisa. Cet instant, elle l'attendait depuis longtemps. Elle le redoutait depuis longtemps. Elle avait même fini par croire qu'il n'arriverait jamais. Doucement, sur un ton tendre et triste à la fois, les yeux embués de larmes, elle continua pour lui :

– Alors je vais le dire pour toi, Pierrot. Tu aimes faire l'amour, alors tu me rejoins le soir, mais tu penses toujours à Francine. Tu l'aimes tant.

Elle détourna son regard.

– J'espérais te la faire oublier. Au début, j'ai fait ça par jeu et ce que je craignais est arrivé, j'ai fini très vite par t'aimer. Je crois d'ailleurs que je t'aime depuis longtemps.

Pierrot était triste. Pour retrouver un bonheur il fallait en sacrifier un autre ? Les paroles de la vieille Tina résonnèrent à ses oreilles : « Tu vas trouver une lumière, mais tu en attends une autre. » Cette autre lumière qu'il attendait, il comprenait maintenant que c'était Francine.

Françoise n'était qu'une lumière éphémère, comme le papillon qu'elle semblait être.

Françoise pleurait doucement. Pierrot ne savait que dire, que faire. Il l'embrassa tendrement en lui demandant pardon. Il ne voulait pas lui faire de peine. D'ailleurs, il ne lui avait jamais rien promis. Elle eut un petit sourire :

– Je ne t'en veux pas. Francine a de la chance d'être aimée comme tu l'aimes.

Elle pensait elle aussi aux paroles de la vieille Tina :

– Tu vas te poser sur une fleur aux pétales cassés, puis tu vas souffrir.

Jusqu'à quand ? À quel moment cesserait-elle de papillonner ? À quel moment trouverait-elle la fleur qu'elle butinerait à en perdre conscience jusqu'à l'éternité ? Devrait-elle souffrir encore longtemps avant de trouver l'absolu qu'elle espérait ?

En rentrant dans sa chambre, Pierrot n'était pas fier de lui et pourtant il y voyait plus clair.

– Tu as bien fait, lui dit François le lendemain, même si c'est dur. Il fallait le faire. Sois attentif à Françoise, il ne faut pas que la séparation la perturbe trop. Vous êtes dans le même hôtel, dîne avec elle. Essaye de devenir son frère.

Pierrot voulait bien, mais seul il avait peur d'être maladroit. Si François voulait bien venir ?

Demain soir par exemple ? François était d'accord.

Aux traits tirés de Françoise, ils virent qu'elle avait pleuré. Quand Pierrot eut fait les présentations, elle retrouva son air espiègle.

– Prêtre-ouvrier ? Depuis quand les curés travaillent ?

– Depuis qu'on leur a donné mission de fréquenter les travailleurs, les gens simples. Et pour les rencontrer, il faut aller où ils sont : au travail, dans la rue.

– Il faudra que je raconte ça à l'abbé Durieux.

François eut un hochement de tête :

– Je ne sais pas s'il vous en dira du bien.

– Ah bon ? On peut en dire du mal ?

– Nous avons la liberté de parole dans notre pays, que je sache, non ? Tout le monde n'approuve pas notre style de vie. Certains curés ne nous aiment guère. Il faut les comprendre. Nos initiatives les surprennent. Et puis, nous ne portons pas la soutane sur notre lieu de travail. C'est peut-être choquant pour eux, alors ils s'expriment un peu sèchement.

Pierrot était d'accord. On avait la liberté de dire. Mais pas la liberté d'agir. Pour certaines choses, on en était encore au Moyen Âge.

Françoise éclata de rire.

– Mon pauvre Pierrot, si tu avais quelques hectares, tu aurais toute liberté d'action.

Elle se tourna vers François :

– Vous comprenez, monsieur le curé, Pierrot a un chagrin d'amour de soixante hectares.

Il eut un sourire :

– D'abord, je m'appelle François, et je vous trouve bien acide.

Elle se fit cinglante :

– Je ne l'ai pas toujours été avec lui. Il vous l'a dit ?

– Il me l'a dit.

– Ah c'est bien, tu t'es confessé. Vous lui avez pardonné au moins ?

François comprit à quel point Françoise souffrait. Pierrot restait silencieux. Germaine, qui les servait, essaya de dérider l'atmosphère en demandant à François dans quelle paroisse il officiait. Si Françoise voulait bien, puisqu'elle restait à Bordeaux, elles iraient à la messe dimanche prochain pour le voir dans son vrai travail, comme elle disait. Françoise refusa tout net, puis se ravisa. Ça pouvait être drôle de voir un type en pantalon la semaine et en soutane le dimanche. Au fait, qu'est-ce qu'il aimait le mieux ? La robe noire ou les pantalons de velours côtelé ? François répondit par un sourire.

– Moi, je demande à voir, dit-elle.

C'est ainsi que le dimanche suivant Germaine et Françoise se retrouvèrent dans l'église Saint-Michel à l'heure de la messe.

Françoise n'avait jamais entendu d'orgues de sa vie. Elle ne connaissait que l'harmonium de mademoiselle Verbois. Le son lui parut magique. Le soleil de ce début de mois d'avril donnait au vitrail un éclairage d'une douceur fragile. Il se passa en elle quelque chose de curieux qu'elle ne s'expliqua pas. Pour la première fois de sa vie, elle se trouva bien dans une église. Il lui sembla respirer mieux. Plus profondément. Quelque chose la comblait d'aise.

La messe commença. Germaine trouva que François avait fière allure. Françoise pensa que la chorale était bien différente de celle de son village. Les voix étaient douces, sans acidité, et les chants très beaux. François monta en chaire, commenta les lectures du jour. Françoise écouta avec attention, buvant ses paroles. François était comme dans le « civil ». Direct. Percutant. D'un autre âge. Il tranchait avec les habitudes. Le vieil abbé Durieux n'aurait pas aimé. Lui, il engueulait. Il ordonnait. Il jugeait. Il y avait un règlement. François, lui, comprenait. Conseillait. Décidément, il se passait quelque chose qu'elle ne saisissait pas. Une joie tendre et douce l'envahissait. Elle ressentait en elle une paix qu'elle n'avait jamais éprouvée.

Lorsqu'elle s'en ouvrit à François après la messe, il rit :

– C'est bien Françoise, c'est très bien. Il faudra revenir. Les orgues font souvent cet effet la première fois qu'on les entend. Après, on s'habitue. Mais si ça peut vous aider à supporter le reste, c'est très bien comme ça.

Oui, Françoise reviendrait l'écouter. Elle voulait savoir si vraiment la musique d'orgue avait ce pouvoir magique d'ouvrir les cœurs. Car elle le sentait bien, son cœur s'était ouvert à quelque chose qu'elle ne comprenait pas. À quelque chose qu'il lui semblait impossible de rejeter. Quelque chose qui voulait s'installer en elle. Elle voulait savoir. Elle voulait comprendre. Confusément, il lui sembla, sans en être sûre, qu'elle était en route pour son absolu. Ce soir-là, elle s'endormit en souriant, et elle souhaita de toutes ses forces que Pierrot retrouve Francine.

Chapitre 18

LA TENTATIVE DE SUICIDE de Francine avait beaucoup touché Albert. Il était souvent lointain, toujours dans ses pensées. Ce geste de désespoir l'avait surpris. Il revoyait dans sa mémoire Francine inerte, dans les bras du vieux Bérard. Rosie avait été affectée, bien sûr, mais ne laissait, comme à son habitude, rien paraître de son émotion. Par contre, elle ne décolérait pas contre Pierrot. Ce vaurien. Ce mécréant. Ce fêtard irresponsable. Non seulement il n'aurait pas rendu Francine heureuse, en plus il l'aurait trompée, affirmait-elle. Françoise aussi en prenait pour son grade, « cette traînée », qui, dans le fond, avait rendu service à Rosie en couchant avec Pierrot, mais cette « traînée » quand même ! Dorénavant, Francine choisirait mieux ses amis.

Effectivement, Francine voulut choisir ses amis.

En revenant de Cussac, elle annonça clairement la couleur. Si elle ne pouvait pas empêcher ses parents de recevoir Bébert, chaque fois qu'il viendrait elle quiterait la maison. Rosie fut très surprise de cette attitude. À tous les coups, les cousins lui avaient monté la tête. Ou alors, la tentative de suicide avait encore des effets sur son comportement. Rosie monta le ton : ce qui était décidé était décidé, elle commandait encore chez elle ! Albert ne se reconnaissait pas. Il fondait complètement devant sa fille, heureux de la voir en vie. Alors peu importait le ton avec lequel elle parlait : elle parlait. C'était très bien comme ça.

Bébert vint prendre des nouvelles. Rosie lui annonça les résolutions de Francine. Il devrait laisser passer le choc, attendre un peu qu'elle aille mieux, on verrait plus tard. Bébert s'inquiéta.

– Ne sois pas inquiet Robert, le choc a été tel qu'il faut lui laisser le temps de se remettre.

Peut-être, mais tout était décidé. Les fiançailles avaient été annoncées devant les cousins, il fallait donc fixer une date.

– D'accord, on en reparlera sérieusement à la fin du mois.

Bébert repartit soucieux de son entrevue avec Rosie.

Francine avait décidé de contre-attaquer. Un jour, elle vit Ariste occupé à nettoyer la haie derrière le grand champ.

– Francine, je suis content de te voir.

Il quitta son béret, s'épongea le front.

– Tu permets que je t'embrasse ?

– Bien sûr Ariste.

– Ah, je pique un peu.

– C'est vrai, dit Francine en riant.

– Alors, tu nous es revenue guérie ?

– Tout à fait Ariste, guérie et décidée.

Ariste fut surpris. Et décidée à quoi ?

– À tenir tête à ma mère.

Il se demanda s'il ne rêvait pas. Qu'est-ce que ça voulait dire ? C'était bien vrai ?

– C'est bien vrai.

– Et Bébert, osa-t-il ?

– Bébert ? S'il croit mettre ses grosses pattes sales sur moi, il peut toujours rêver. Ce n'est pas demain la veille.

Ariste applaudissait.

– Comment vas-tu faire ? Tu n'es pas encore majeure.

– Je sais. J'attendrai. Et ce jour là, on verra bien.

Ariste doutait. Ça paraissait trop simple. Sa mère allait trouver quelque chose pour arriver à ses fins.

Peu importe. Ce qu'elle voulait, pour l'instant, c'était rencontrer Pierrot. En cachette, bien sûr, mais il fallait qu'ils se parlent, qu'ils s'expliquent. Est-ce qu'Ariste le voyait ? Il sourit :

– Tu penses bien que oui. Moins qu'avant, bien sûr, mais de temps en temps.

– Il vous a dit qu'il couchait avec Françoise ?

Ariste était homme à rire de ces choses avec les copains, mais là, avec une jeune fille, il était plutôt gêné.

– Je ne sais pas vraiment si c'est vrai. Les gens parlent si vite.

Les gens parlaient peut-être vite, mais Francine citait ses sources :

– Françoise l'a dit elle-même à Suzy.

Son regard s'était assombri. Les larmes n'étaient pas loin. Elle reprit dans un souffle :

– C'est pour ça que j'ai voulu mourir.

– Pauvre, tu en trouveras d'autres. On n'a pas le droit de se supprimer pour un chagrin d'amour. Même si ça fait mal. On n'est jamais vraiment tout seul dans la vie. Il y a toujours quelqu'un pour qui on compte.

Il s'inquiéta :

– Tu… tu ne recommenceras pas au moins ?

Elle le rassura. Maintenant, la mort lui faisait peur. Elle ne recommencerait pas.

– Tant mieux, tant mieux. Bon, mais c'est pas tout ça, la haie, elle se taille pas toute seule. Faut que j'y aille.

– Dites-moi Ariste, si vous voyez Pierrot, vous pouvez lui donner un message ?

– Biens sûr, je peux.

– Vous lui direz que je vais bien et que j'aimerais le rencontrer.

– Dans le bois de Jeanton ? demanda Ariste en souriant.

– Faites-lui d'abord la commission. On verra après... et s'il veut.

Francine repartit le cœur gai. Sa mère l'avait vu parler avec Ariste, ça ne lui plaisait pas du tout. Elle le savait ami avec Pierrot et n'eut aucune peine à imaginer la conversation. Il fallait à tout prix trouver la solution définitive à ce problème. Cette affaire n'avait que trop duré. Malgré cette détermination de Francine, ça ne se passerait pas comme ça. Même Albert devenait fuyant. Rosie devait de nouveau assoir toute son autorité un peu ébréchée. Elle n'allait tout de même pas se priver de soixante hectares, pour un soi-disant coup de cœur. Qui pouvait l'aider ? Qui pouvait encore avoir de l'autorité sur sa fille sans que celle-ci ne se cabre trop ? Elle réfléchissait, imaginant toutes les possibilités, quand, tout à coup, une idée traversa son esprit... Mais oui ! Comment ne pas y avoir pensé plus tôt, l'abbé Durieux, bien sûr. Francine ne contredirait pas ce curé qui avait marié sa mère, l'avait baptisé à elle, et lui avait fait faire sa première communion. Il était dans la paroisse depuis trente-cinq ans, et avait une certaine autorité. Francine le respecterait. C'était certain, il saurait se faire écouter, son paradis valait bien quelques sacrifices. Si tant est que soixante hectares soient un sacrifice, pensait Rosie.

La fête de la Saint-Marc, le vingt-cinq avril, approchait. À cette occasion, le curé faisait la procession des Rogations. Les Rogations étaient des prières publiques, dites pour attirer les bienfaits de Dieu sur les récoltes. Le curé allait de ferme en ferme, bénissant les champs et les maisons. À chaque entrée de chemin y conduisant, on installait une table recouverte d'une nappe sur laquelle on posait un petit récipient rempli d'eau bénite. Les habitants d'une ferme accompagnaient le curé jusqu'à la ferme voisine, et ceux-ci prenaient le relais vers la suivante. Après les trois premières, l'abbé Durieux serait chez les Loubaney vers midi et ils l'accompagneraient chez les Meyre. Ainsi, Rosie garderait tout le monde à déjeuner. Francine serait bien obligée de se mettre à table avec eux, malgré la présence de Bébert, puisque le curé serait là. Rosie était ravie de son idée. Son plan allait fonctionner. Sa fille finirait par entendre raison, il le fallait.

Ce vingt-cinq avril, le « Parigot », taxi du bourg, emmena l'abbé Durieux chez Ulysse, la première maison du hameau, où la procession commençait. D'habitude, monsieur le curé se déplaçait à bicyclette, mais ce jour-là, encombré par la chasuble, la croix et le goupillon, il empruntait ce moyen de transport. Double avantage, le coffre était plus grand que les sacoches du vélo, car la coutume voulait qu'à chaque maison on marque le passage. Aussi, dès la maison bénite avec ses champs et ses futures récoltes, Ulysse mit dans le coffre une douzaine d'œufs et deux pigeons prêts à cuire. Ensuite, avec sa femme, ils prirent leur bicyclette et suivirent le taxi roulant à faible allure, jusque chez Ariste.

Ariste respectait la tradition, mais se moquait un peu de ces choses-là. Quand l'abbé Durieux descendit de voiture, il entendit :

– Bénissez bien monsieur le curé, pour que nos récoltes soient protégées. Pas comme l'an dernier où il a gelé le lendemain de la procession. Les premiers bourgeons ont été pris et la récolte en a souffert. Je vous donnerai ce qu'il faut, alors bénissez bien s'il vous plaît.

– Vous croyez acheter Dieu ? demanda le curé, vexé.

– Lui j'en sais rien, mais, en faisant un effort, votre prière va sûrement le convaincre.

Il se tourna et fit un clin d'œil à Ulysse qui faisaient des efforts désespérés pour ne pas éclater de rire.

– Ne l'écoutez pas monsieur le curé. Il dit n'importe quoi, dit Marie outrée par ces propos.

Ulysse rentra chez lui, cependant qu'Ariste emmenait le convoi chez Fernand Cabucheau. Fernand ne croyait pas en Dieu et se cachait dans l'écurie pendant la bénédiction. Il se montrait à la fin, arrivait en courant et disait invariablement à sa femme :

– C'est malin, tu pouvais pas m'appeler ? Je n'ai pas entendu monsieur le curé arriver.

Tout le monde souriait avec un air entendu. De toute manière, Fernand n'aurait pas accepté que le curé ne s'arrête pas chez lui. Une tradition est une tradition. Il marquait ainsi sa façon de voir les choses. Ensuite, il accompagnait le curé jusque chez les Loubaney et, là, il assistait à la bénédiction.

– Chez les autres, disait-il, j'y assiste par respect pour eux. Chez moi, si j'y suis, on va croire que j'implore quelque chose. Et ça, nom de Dieu, je veux pas qu'on le croit !

Les Loubaney se rendirent chez les Meyre. Après la bénédiction, on passa à table. Après le bénédicité, tout le monde s'assit. La semaine précédente, Rosie, en allant au presbytère inviter monsieur le curé, avait longuement parlé avec lui.

Il était d'accord avec elle, Pierrot n'était pas un garçon pour sa fille. C'était un coureur. En plus, il ne faisait pas ses pâques ! Et puis l'abbé Durieux sentait encore dans son cou le froid du rasoir de l'oncle, l'ayant obligé de confirmer ce mécréant. En revanche, il trouvait Bébert bien sous tous rapports. Brave, vaillant, discret, bon chrétien, il assistait aux messes des grandes fêtes. « Et puis un jour, il aura les soixante hectares de son père », avait ajouté Rosie.

– Bien sûr, bien sûr. C'est important pour l'avenir de Francine, elle devrait le comprendre.

Parfait. Tout le monde était sur la même longueur d'onde. On allait maîtriser la situation.

La conversation de la première partie du repas fut consacrée aux Meyre. Le gemmage. Ses difficultés. Le prix de la résine qui se dévaluait. Le prix des assurances sociales tiré vers le haut, etc. On passa ensuite aux Loubaney. Comment allaient-ils ? Quelle tristesse d'avoir perdu la maîtresse de maison trop tôt ! Deux hommes seuls. Ça ne devait pas être facile tous les jours. Le curé le savait. Mais lui encore, il avait la chance d'avoir une bonne.

– Paulette est bien dévouée, heureusement, dit Simon. Elle vient de temps en temps faire le ménage et la lessive. Ah, elle est bien brave !

– À ce propos Simon, dit l'abbé Durieux, vous savez, il n'y a pas de mal à se remarier à votre âge.

Simon sentit le sermon arriver. Le curé continua :

– Il vaut mieux un remariage propre, net, plutôt que de donner à parler aux gens pour des raisons auxquelles, bien sûr, je ne crois pas. Mais prêter le flanc à la critique est toujours ennuyeux. Vous savez Simon, le bon Dieu il aime les affaires claires, nettes.

Simon ne répondit pas. Le bon Dieu de son catéchisme était loin, et il sentait confusément qu'il avait d'autres chats à fouetter plutôt que de s'occuper de Simon Loubaney en train de forniquer avec Paulette. Il tendit son verre à Albert et dit sur un ton désinvolte :

– *Baille-mé dounc in tiquôt dé bin. Es bien boùn* (Donne-moi donc un petit peu de vin. Il est bien bon).

Le curé sentit que ça ne prenait pas, Simon se moquait éperdument de ses conseils. Il n'insista pas et se tourna vers Bébert.

– Et toi Robert, quoi de neuf ?

Robert n'avait rien de neuf à avouer.

– Et le cœur Robert, que dit le cœur ?

Francine partait pour la cuisine. Elle stoppa net. Bébert avait vu, il n'osait plus rien dire.

– Celle qui t'épousera aura bien de la chance. Tu es honnête, tu ne fais pas parler de toi comme certains, tu es travailleur, tu auras la propriété de ton père ; en fait, je ne sais pas si tu le sais, mais tu es un excellent parti.

Rosie était aux anges. Sa fille allait comprendre. Réfléchir. Elle ne pouvait que croire monsieur le curé. À la surprise de tous, Francine posa la question :

– Un excellent parti et vous ne comprenez pas pourquoi je ne le veux pas pour mari. C'est ça ?

L'abbé Durieux fut saisi par ce ton ferme, un tantinet narquois. Rosie, tout à coup, devint d'une pâleur mortelle. Comment Francine osait-elle parler ainsi au curé ?

– C'est vrai Francine. Je ne comprends pas. Tu serais heureuse avec lui, j'en suis sûr. Tu aurais une vie bien ordonnée, elle te conduirait au soir de ta vie dans ce paradis auquel tu crois, et que tu espères. Mais tu sais aussi que ce chemin est pavé d'épines. Il faut comprendre les choses, même si elles te paraissent difficiles.

Francine posa les assiettes qu'elle portait à la cuisine sur la table et revint s'asseoir.

– Le soir de ma vie est loin monsieur le curé. D'ici là, le bonheur que vous me souhaitez je veux le partager avec un autre.

Le curé était furieux.

– Ah oui, l'autre, ce personnage à scandale !

– Scandale ? Quel scandale ? demanda Francine avec une douceur ironique.

L'abbé Durieux se montra cinglant. Parla des fausses signatures sur les mandats. Faire des faux, quelle horreur !

– Pour rendre service à une aveugle, monsieur le curé.

– Il fait la fête et il boit. C'est une honte.

– Si le vin était une honte, Jésus n'aurait pas transformé l'eau en vin, pour pouvoir terminer la fête avec ses amis.

Le ton montait. L'abbé Durieux étouffait de colère. Comparer le miracle de Jésus avec le mode de vie de Pierrot était scandaleux. Rosie blêmissait de plus en plus tandis que Bébert se faisait tout petit. Simon, lui, semblait indifférent. Albert commençait à aimer. Tant qu'au « Parigot », le taxi, il ouvrait ses oreilles au maximum. En rentrant, il en aurait à raconter au bourg. Quelle aubaine ce repas !

– Tu ne sais plus ce que tu dis Francine, dit le curé. Et Françoise, hein ? et Françoise, qu'est-ce qu'elle fait avec lui, cette... cette...

Il hurlait presque.

– Putain. Dites-le monsieur le curé, cette putain.

Francine était calme et parlait sans violence. Le Parigot était aux anges. Le curé, saisi, ne parlait plus. Il regardait Francine avec un grand étonnement. Elle continua :

– Monsieur le curé, j'ai beaucoup appris avec vous au catéchisme. Vous vous rappelez ? J'étais la première. Alors, à propos de Françoise, qui n'est pas du tout celle que vous croyez, je vous renvoie à Jésus à propos de Marie-Madeleine.

Le curé était quand même impressionné. La petite avait du caractère. Rosie, péniblement, réussit à dire :

– Francine, tu vas présenter tes excuses tout de suite à monsieur le curé. Tu entends ? Tout de suite.

D'un geste, l'abbé Durieux balaya l'ordre : « Laissez Rosie, laissez. » Il s'adressa à Francine sur un autre ton. Plus calme. Plus paternel. Il ne servait à rien de s'énerver.

– Francine, tu parles comme une jeune que tu es. Avec fougue, mais sans expérience. Alors bien sûr, tu es sûre de toi. Mais la vie va se charger de calmer tes ardeurs. La raison finira bien par t'atteindre et tu comprendras que tes parents veulent ton bonheur, et rien d'autre.

– Et mon bonheur, vous pensez qu'il faut qu'il passe par les soixante hectares de Bébert ?

Il secoua la tête.

– Ces hectares n'ont pas d'importance. Ils sont au centre du débat parce que tu les y as mis.

– Oh ! non monsieur le curé. Ils y sont bien. Ce que mes parents ne comprennent pas, c'est qu'on peut être heureux sans propriété. Les pins ont mangé leur raison.

La phrase fit mouche. À ce jugement, ils comprirent sa détermination, car, peu de temps avant, elle n'aurait jamais osé dire une chose pareille.

Simon et Bébert se levèrent en invoquant un travail à terminer avant ce soir. Rosie était sans voix. Albert, bien qu'en admiration devant sa fille, était quand même un peu inquiet. La vie à la maison n'était pas tous les jours facile, mais là elle allait devenir franchement difficile. L'abbé Durieux continua :

– J'en suis pourtant sûr, Francine, Bébert serait un bon mari pour toi.

– Écoute monsieur le curé, dit sa mère sur un ton suppliant. Il sait ce qu'il dit. Ce Pierrot ne t'apportera rien de solide. Je te l'ai déjà dit : on ne vit pas d'amour et d'eau fraîche. Si tu veux, on reporte les fiançailles de quelque temps, mais je te demande de bien réfléchir. Tu sais, nous ne voulons que ton bonheur.

– C'est aussi ce que je me souhaite, maman.

Elle reprit les assiettes qu'elle avait posées, les emporta dans la cuisine.

Le Parigot regarda sa montre.

– C'est l'heure, monsieur le curé. On a encore quelques maisons à bénir, et je ne voudrais pas rentrer trop tard, si c'est possible.

Ce soir, chez Hermance, à l'heure de l'apéritif, avec ce qu'il avait à raconter, il serait au centre des conversations. Ça ne serait même pas la peine d'enjoliver. Quelle histoire, vous vous rendez compte ? La fille Meyre a tenu tête au curé... !

Ce serait la révolution dans les bénitiers !

Chapitre 19

ROSIE ÉTAIT FOLLE DE RAGE. Quel imbécile ce curé ! Se laisser contredire par une gosse. Parce qu'avec ses dix-huit ans, presque dix-neuf, c'était quand même une gosse. La colère ne l'avait pas quittée depuis que son plan avait été déjoué. Elle gagnerait. Elle ne savait pas comment, mais elle gagnerait. Avec un air mystérieux, en partant, le curé lui avait demandé de passer la voir dans la semaine. Le samedi suivant, Rosie frappa à la porte du presbytère. Mathilde, la bonne, vint lui ouvrir et la fit entrer dans le bureau.

– Monsieur le curé, je vous demande pardon pour les paroles de Francine.

– Il semble en effet qu'elle ait perdu le sens du respect.

– Pierrot, responsable de tous ce tracas, est le diable en personne.

– Je ne sais pas si c'est le diable, mais j'ai peut-être une solution.

Rosie retrouva ses couleurs. L'espoir lui revint à nouveau. Elle était suspendue aux paroles du curé.

– Il me semble qu'elle s'éloigne de l'obéissance, continua-t-il.

Elle approuva avec force.

– Il faudrait donc la remettre dans le droit chemin.

– Et… vous avez une solution ?

– Peut-être. Je connais une maison à Bordeaux, tenue par les sœurs, où la discipline est excellente. Elle y serait très bien. Son intelligence lui permettrait de s'instruire davantage, tout en redécouvrant les vertus de l'obéissance. En plus, loin de son village où les souvenirs persistent… elle serait mieux. À l'abri en quelque sorte.

L'inquiétude regagna Rosie. Bordeaux. Et si elle y rencontrait Pierrot ?

– Rosie, on ne sort pas d'une maison comme celle dont je vous parle. Un séjour jusqu'à sa majorité me semble nécessaire pour son salut.

Rosie trouva l'idée bonne, elle convenait tout à fait. Comment ne pas y avoir pensé plus tôt ? ! Elle s'inquiéta, est-ce qu'il y aurait une place pour sa fille ?

– Sûrement, mais il y a un ennui.

Le visage de Rosie s'assombrit.

– Lequel ?

– Ce n'est pas gratuit.

Elle balaya l'ennui d'un revers de main.

– Aucune importance. Elle peut y rentrer quand ?

– Si vous voulez, j'écris aujourd'hui. Et j'espère avoir une réponse rapide.

Et comment. Bien sûr qu'elle voulait. Rosie sortit toute ragaillardie de l'entrevue. Si les sœurs pouvaient garder Francine deux ans, Pierrot l'oublierait, et elle aussi sans doute. Ensuite, il ne resterait plus qu'à remettre Bébert et ses soixante hectares sur les rangs.

Au visage de sa mère arborant un grand sourire à son retour du bourg, Francine eut quelques inquiétudes. La lutte continuait, elle en fut persuadée. Ce serait dur de faire admettre à ses parents que Bébert n'était pas le gendre idéal. Enfin, dimanche, Ariste verrait Pierrot. Il lui passerait le message, et là on aviserait. Cette fin avril était chaude, elle partit se reposer à l'ombre naissante du tilleul.

Le lundi, l'amasse commençait. Vers dix heures, la chaleur monta. À midi, le soleil, voilé par un halo aux multiples couleurs, ne présageait rien de bon. L'après-midi fut pénible. L'escouarte était lourde. La sueur coulait sur les fronts. Le lendemain, le soleil cuisait encore davantage.

Le drame arriva le mercredi.

Le vent s'était levé très vite. Très fort. Puissant. Chaud. Fou. Énervant. Un vent de catastrophe. Vers midi, les nuages s'amoncelèrent très vite. De véritables choux-fleurs, énormes, se bousculèrent dans le ciel. Les blancs cédaient la place aux noirs, poussant eux-mêmes les gris. On respirait mal. Le souffle était devenu court à cause de la chaleur orageuse. Albert décida de rentrer à la maison. Continuer l'amasse était trop dangereux. On ne reste pas sous les pins avec ce risque. L'orage attendu vint très vite. Il fut presque sec, il ventait trop pour qu'il pleuve, et traversa le pays en une demi-heure. Une demi-heure de coups de tonnerre énormes, violents. Le sol tremblait presque. Une demi-heure d'éclairs larges et aveuglants. Inquiet, le village entier regardait vers la forêt.

Tout à coup, les cœurs s'arrêtèrent de battre : une fumée blanchâtre montait de derrière la ferme de Fernand Cabucheau. À cet endroit, les semis de dix ans, serrés, brûleraient vite. Tous partirent avec des seaux, des arrosoirs, des pelles, des petites sulfateuses. Tout était bon pour essayer d'arrêter les flammes. L'angoisse s'était installée au creux des estomacs. Lorsque les pompiers arrivèrent, alertés par Ulysse, l'incendie avait pris de l'importance. De grosses volutes de fumées obscurcissaient le ciel. Le ronflement de l'incendie contrastait avec le silence habituel de la forêt.

Sentant le danger, les écureuils, les oiseaux, les chevreuils avaient disparu dès les premières flammes. La lutte s'organisait dans les cris et les ordres donnés. On remplissait les sulfateuses dans la craste. Des femmes puisaient de l'eau dans le puits de Fernand, la jetaient sur la grange du fond qu'une pointe d'incendie menaçait. Il fallait sauver tout ce qui pouvait l'être. Les pompiers s'étaient portés en avant, mais devaient reculer, le vent soufflant très fort. Le feu, derrière, brûlait à reculons. Des citernes d'eau, porteuses d'espoir, tirées par des attelages – il n'y avait que deux tracteurs au village – arrivaient à pas lents. Des hommes, venus du bourg, coupaient des petits pins et participaient à la lutte en s'en servant d'étouffoir en tapant sur les flammes. Ils étaient écarlates et trempés de sueur. Devant l'adversité, le village avait retrouvé son unité. Rosie parlait à Ariste, et Francine à Bébert. On reprendrait le combat demain ; pour l'instant, il fallait faire front devant le danger. Tout le monde était sur le pied de guerre.

La fraîcheur du soir n'arrêta pas l'incendie. Maintenant, l'embrasement était total. On entendait un ronflement constant. Une lueur rouge vif éclairait la nuit. Le malheur se transformait en spectacle dantesque. Le curé était là, lui aussi. Il avait passé la soirée à faire les cent pas sur une passe sur le bord de l'incendie, en lisant son bréviaire.

– Prends plutôt un seau curé, arrête de lire et aide-nous, lui lança quelqu'un. Rends-toi utile, merde !

Il continua, sans faire attention à ces paroles. Le feu ne traversa pas la passe. Les femmes crièrent au miracle. Les hommes remerciaient le vent qui avait tourné. Oh, ils ne se moquaient pas des femmes et de leur croyance. Après tout, le vent avait peut-être tourné grâce aux prières du curé. En plus, les femmes avaient repris espoir et combattaient mieux. Alors, qu'importe.

Le lendemain, vers midi, le maire, avec l'accord d'un propriétaire, décida d'allumer un contre-feu. Hélas, ça ne servit à rien. À cause d'un vent tourbillonnant, une pointe du feu reprit avec force sur le côté. Une deuxième nuit terrible s'annonçait. La fatigue rendait les gestes imprécis, les actions plus lentes. Le manque de sommeil se ressentait de plus en plus.

L'aube du vendredi se leva sur un spectacle de désolation. Des fumerolles s'échappaient des troncs calcinés. Le sous-bois était transformé en cendres. Les pins noircis et fumants s'élançaient dans le ciel comme des mains tendues, sèches, désespérées. La rosée de la nuit avait bien mouillé la végétation, et l'on comprit qu'enfin on viendrait à bout de cet incendie. En effet, dans la matinée, si le centre du feu brûlait encore, tout autour, c'était fini. Les pompiers et les volontaires pouvaient souffler un peu.

Le moment du bilan arriva. On commença à comptabiliser les dégâts.

Ariste avait six hectares brûlés. Fernand Cabucheau, le plus touché, vingt-cinq hectares. Simon était heureux, un large fossé avait empêché les flammes de traverser. Quatre propriétaires du bourg avaient trente-cinq hectares brûlés. En gros, soixante-dix hectares avaient été la proie des flammes.

Une équipe garderait le feu pendant encore deux ou trois jours. Il fallait veiller à ce qu'il ne reprenne pas. Le danger était encore là. Imminent. Une odeur âcre s'accrochait au gosier. Elle allait persister pendant quelques jours. Les yeux étaient cernés, lourds de fatigue.

Francine, comme tous ceux qui avaient participé au combat, était fatiguée. Maintenant, il fallait, avec les autres femmes, nourrir correctement les sauveteurs. Elle s'approcha d'un groupe où il y avait son père, Bébert, Fernand et Ariste. La conversation était très animée. Ils parlaient avec force. Presque avec violence. Pour mieux entendre, elle partit derrière le parc à cochons. Elle serait tout à côté, on ne la verrait pas. Fernand était dans une colère noire. Ariste essayait de le calmer :

– Si tu as besoin de quoi que ce soit Fernand, tu peux compter sur moi, alors calme-toi.

– J'ai presque tout perdu.

– Il te reste les gros pins, dit Albert.

– C'est vrai, dit Bébert, tu vas pouvoir continuer à faire gemmer.

Fernand se fit violent.

– Biens sûr, toi tu t'en fous. T'as pas brûlé ta dot. Comme ça, tu vas pouvoir la culbuter ta Francine.

Bébert vit rouge.

– Ta gueule Fernand, c'est pas tes oignons !

Fernand ne se retenait plus. L'anxiété et l'énervement de ces derniers jours, ajouté à la perte qu'il subissait, le rendaient féroce.

– J'espère que Pierrot te fera cornard.

– Merde, c'est pas ma faute si j'ai pas brûlé, se défendit l'autre.

Fernand se tourna vers Albert.

– Et toi, espèce de maquereau, t'inquiètes pas, tu va pouvoir t'enrichir sur le ventre de ta fille.

– Tu sais plus ce que tu racontes Fernand, l'incendie te tourne la tête.

– Je le sais si. J'espère que Pierrot reviendra au village et qu'il te volera ta fille, grand con.

Albert était furieux. Il répondit avec force :

– Il te donnera pas ce plaisir. Et tu sais pourquoi ? Je vais te le dire grand con toi-même, la semaine prochaine, on la met en pension chez les sœurs à Bordeaux jusqu'à sa majorité. Alors ton Pierrot, il peut toujours venir, il trouvera la cage vide.

Francine n'en crut pas ses oreilles. Elle était horrifiée par les propos qu'elle venait d'entendre. Ses parents allaient la mettre carrément en prison. Bébert, le chanceux de l'incendie, n'avait plus qu'à attendre. Une fois le lavage de cerveau fait par les sœurs réalisé, hop, à lui la Francine. Non !... Ce n'était pas possible. Désespérée, elle partit en courant et en pleurant. Sa mère était vraiment diabolique. Comment allait-elle sortir de ce piège ? D'un coup, une idée germa dans sa tête. Elle la chassa. L'idée revint, s'imposa à elle. Non. Elle ne pouvait pas faire ça. Pourtant c'était sûrement une solution. Peut-être même LA solution. Elle n'aimait pas les pins au point d'accepter un mariage avec Bébert, mais elle les aimait quand même. Sa jeunesse s'était passée au milieu d'eux. C'est beau un pin. Majestueux. Tout le temps cette idée revenait. Elle la repoussa de nouveau. Aussitôt, avec horreur, elle s'imagina chez les sœurs et, à sa sortie, affaiblie dans sa détermination, tomber dans les bras sales de Bébert. Alors, la rage au cœur, mesurant l'horreur de son geste, les yeux pleins de larmes, elle partit le long du fossé qui avait protégé les pins de Simon. Personne ne gardait ce côté sans danger. Elle prit des branches sèches, les alluma dans les braises, les jeta de l'autre côté du fossé. Elle dut s'y reprendre à plusieurs fois. Son forfait accompli, elle partit se cacher, pleurant sa haine, son amour, son désespoir de toutes ses forces.

La nouvelle fusa :

« Une saute de feu chez Simon ! »

Les secours étaient à l'opposé. Le temps qu'ils arrivent, le feu avait repris et filait dans les grands pins gorgés de résine.

On passa une partie de la nuit pour éteindre le nouvel incendie. Au petit matin, tous les gros pins de Simon avaient brûlé. Il lui restait juste une pièce de deux hectares pour le gemmage. Les semis restants seraient de rapport seulement dans quelques années. Malgré l'argent qu'allait lui rapporter la vente des bois brûlés, sans doute payés moitié prix, c'était une très grosse perte pour Simon.

Samedi, Pierrot arriva de Bordeaux au premier train. Aussitôt, il se rendit chez Ariste.

– Tu as beaucoup de dégâts ?

– Assez. Mais il y a pire. Fernand a beaucoup perdu et la reprise a brûlé les gros pins de Simon.

– L'orage ?

– Oui, mercredi après-midi.

Pierrot se mélangea aux équipes qui faisaient le tour de l'incendie pour éviter toute reprise. Dans certains endroits, le feu s'enfonçait dans la tourbe en la consumant doucement. Il fallait faire très attention, il pouvait repartir même deux ou trois jours après.

Fernand était malheureux d'être sinistré, mais il l'était encore plus à cause de son accès de colère envers Simon, dont les pins avaient brûlé aussitôt après. Bien sûr, il ne pouvait pas prévoir. Par miracle, Albert, malgré la proximité des pins de Simon, n'avait pas eu de dégât.

Tout le samedi se passa à surveiller. Vers le soir, le temps, brouillé sans doute par toute cette fumée, changea. Des nuages arrivèrent et déversèrent une pluie fine et régulière, qui finit par rassurer tout le monde. Des sourires réapparurent sur les visages.

Le dimanche matin, sous le hangar d'Ariste, une grande table sur laquelle il y avait des pâtés, du saucisson, du jambon avait été dressée. Les voisins avaient apporté du vin, Raoul avait fourni le pain. C'était le premier vrai casse-croûte depuis mercredi. Le maire, présent, indiqua que les sinistrés pouvaient compter sur l'aide de la municipalité. Il était à la disposition de tous. Il arrêta les applaudissements :

– S'il vous plaît, pas besoin de bravos. Le village vit des moments douloureux. Il faut être unis, quelles que soient nos idées ou nos opinions.

Les malheurs sont porteurs de solidarité, le village avait retrouvé la sienne.

– À propos, dit Ariste à Pierrot, j'ai un message à te donner. Avec tout ça, j'avais oublié.

– C'est quoi ?

– Francine.

– ... et alors ?

– Elle te fait dire qu'elle va bien, et qu'elle souhaite te rencontrer. Enfin, si tu veux, dit-il malicieux.

S'il voulait. Cette question. Il avait appris sa tentative de suicide, et avait eu très peur. François lui avait remonté le moral. Françoise l'avait incité à la patience :

– Attends quelques jours et va la voir. Montre-toi. N'aie pas peur d'Albert et de Rosie. Tu sais très bien que tu vaux mieux que ce qu'ils croient. Prouve-leur que tu aimes leur fille, et que ton seul souci est de la rendre heureuse. Tu pourras le faire dignement, une propriété n'est pas obligatoire pour ça.

Le discours était bien beau, mais comment faire comprendre à des gens qui, depuis trois générations, avaient bâti leur raison d'être sur la forêt. Ce serait dur, très dur.

Tout le monde se pressait autour du casse-croûte. Pierrot passa à côté d'Albert.

– Bonjour Albert.

– Salut Pierrot. Tu es venu voir nos malheurs ?

Il ne répondit pas. Bébert passait.

– Je suis désolé pour toi Bébert.

Bébert eut un geste de résignation. C'est vrai que le feu, cet ennemi intime, pouvait faire et défaire des propriétés entières. D'avril à fin septembre, les forestiers vivaient avec cette peur au ventre. C'était leur lot.

– Bonjour Pierre.

Il se retourna et se trouva face à Francine. Elle comprit, à son regard, qu'il avait très envie de la prendre dans ses bras. Elle rit.

– Sois patient Pierre. Pas ici, on va nous voir. En plus, si j'en crois les mauvaises langues, je ne t'ai pas trop manqué.

Pierrot voulu se défendre.

– ... je t'assure

– Françoise va bien ?

– Elle va très bien, mais l'important n'est pas là. Il faut que je t'explique.

C'est sûr qu'il y avait des choses à expliquer. À justifier. On n'allait pas se revoir, comme ça, et tout oublier. Il fallait parler. Cet après-midi, Francine se rendrait au stade.

– Mais... ta mère ?

– Ça, c'est mon problème.

Elle s'éloigna. Pierrot n'en croyait pas ses oreilles. On lui avait changé sa Francine. Elle avait l'air de ne plus craindre sa mère. Ariste avait tout vu. Il souriait.

– Tu l'as reconnu ?

Pierrot ne comprenait pas.

– Dis donc, qu'est-ce qu'il lui arrive ?

– Elle m'a dit qu'elle avait décidé de tenir tête à sa mère. Mais ne t'emballe pas trop vite. Rosie est encore là, et elle n'a pas dit son dernier mot. La preuve, elle a l'intention de l'envoyer la semaine prochaine dans un couvent à Bordeaux, jusqu'à sa majorité.

– Quoi ? dit Pierrot abasourdi.

Ariste raconta la conversation animée, coupée par la reprise de l'incendie, où Albert avait annoncé la nouvelle.

Pierrot en était sûr maintenant, il fallait qu'il parle aux Meyre. C'était impératif. Ça ne le réjouissait pas, mais il le fallait. Il n'y avait pas d'autre issue. Ariste, en s'éloignant, se retourna :

– Dis donc Pierrot, d'ici un mois ou deux, il faudra qu'on se voit. J'aurais quelque chose d'important à te dire.

Et il tourna les talons.

Pierrot douta de la vieille Tina. De la lumière qu'il devait trouver. Trop de choses étaient confuses. Décidément, la vie était bien compliquée.

Chapitre 20

Bébert n'était pas à l'aise. Albert et Rosie lui avaient paru bizarres. L'énervement du feu sans doute. Ce matin, il sentait confusément quelque chose de changé dans leur comportement. Albert semblait gêné et Rosie lui donnait le sentiment de le fuir. Il rentra chez lui. Simon mettait le couvert.

– Pas pour moi, j'ai pas faim.

Bébert était inquiet pour l'avenir. De quels revenus allait-il vivre sans les pins ? Ceux qui restaient debout donneraient de la résine pour faire vivre une personne, mais pas deux. Son père non plus ne savait pas. Pour l'instant, il fallait d'abord vendre les bois brûlés. Pour ça, il fallait faire vite, couper les chênes pour dégager et évaluer la quantité de bois vendable.

– Avec la vente, dit Simon, on pourra voir venir quelque temps. Il y a des éclaircies qu'on n'avait pas eu le temps de faire dans les autres pièces, nous les ferons. À mon avis, on tiendra deux ans. Et d'ici là Robert, tu n'auras peut-être plus besoin de te faire du souci.

– Pourquoi ?

– Eh... Francine.

Bébert livra son inquiétude. Depuis hier, les Meyre lui semblaient différents. En plus, il avait vu Pierrot et Francine se parler.

Son père le rassura. La semaine prochaine, Francine rentrerait sûrement chez les sœurs, et elle ne verrait plus Pierrot.

– Alors là, je ne suis pas près de me marier avec elle.

Simon n'était pas d'accord.

– Tu ne connais pas les sœurs Elles vont tellement lui en faire baver qu'elle acceptera n'importe quoi pour sortir de leurs griffes. Rappelle-toi la grande Hortense. Elle avait la tête dure comme du fer. Ses parents l'ont placée chez les sœurs, elle en est sortie plus tôt que prévu, douce comme un agneau, et elle a épousé Casimir.

– Qui a tellement été cornard, continua Bébert, qu'il s'est foutu sous le train. Même que les femmes du lavoir disaient : le train n'a pas pu passer sur Hortense, mais il est passé sur Casimir.

– Ce sera à toi de faire ce qu'il faut pour que ça n'arrive pas.

Peut-être, mais Bébert était inquiet. Il irait dans la semaine prendre la température chez les Meyre.

L'après-midi du dimanche, après le repas, tous les hommes du village firent le tour de l'incendie pour couper court à toute relance. Ils le feraient encore les jours suivants. Profitant de l'occupation de tous, Francine emprunta le vélo de Marie et se rendit au stade. Elle se dirigea directement vers la cabane du bois de Jeanton. Pierrot était déjà là.

– Je t'attendais.

Il voulut la prendre dans ses bras, elle le repoussa.

– Tu faisais comme ça avec Françoise ?

– Enfin Francine, tu ne vas pas...

– Croire ça ? Bien sûr que si.

Pierrot était embarrassé. Il fallait qu'il explique, et ce n'était pas facile.

– Bon, c'est vrai. Mais c'est arrivé comme ça, bêtement, sans presque s'en apercevoir.

– Oh là là. Qu'est-ce que ça doit être pénible de subir ça.

– Ne te moque pas Francine. Je sais que j'ai eu tort. Mais tout m'est tombé sur la tête en même temps. Mon travail perdu. Obligé de partir à Bordeaux pour mon nouvel emploi. J'avais le sentiment de te perdre. Je ne savais plus ce que je faisais.

Après un silence, Francine lui dit gravement :

– Moi je sais ce que tu faisais, tu te consolais dans les bras de Francine, et à cause de ça j'ai voulu mourir.

Pierrot baissa la tête. Une peine immense l'envahit. Il se sentit responsable. La tentative aurait pu réussir. Alors, il imagina le gouffre devant lui.

– J'ai voulu mourir à cause de Françoise. C'était ma meilleure amie.

– Tu sais Francine, c'est toujours ta meilleure amie.

Il se mit à raconter l'installation de Françoise. Le gâteau d'anniversaire et le vin blanc le mois suivant. Après un verre de trop, la tête vous tourne. Au moment de se quitter, ce baiser qui glisse de la joue vers les lèvres, et on se retrouve dans les bras l'un de l'autre, sans vraiment comprendre pourquoi et comment.

– Elle a très vite compris que je ne l'aimais pas. Il faut que tu me croies, Francine. C'est toi que j'aime et personne d'autre.

Il se détourna un peu.

– Ah, la vieille Tina avait raison.

– La vieille Tina ?

Il lui raconta. La Saint-Vincent. La vieille Tina avec ses propos trop confus pour lui. Maintenant il commençait à comprendre. Il espérait fort, très fort retrouver Francine, sa lumière, son vrai soleil. Françoise n'avait été, comme d'habitude, qu'un papillon, même si elle avait cru le contraire. Quoi qu'en dise François, il semble bien que le destin soit tracé.

– C'est qui François, un copain de fête ?

– Un copain de travail, pas de fête. Un type bien. Il est prêtre-ouvrier.

– Un curé. Tu sais, les curés maintenant, je m'en méfie.

– Tu verras, lui, c'est pas pareil. Il ne parle pas comme celui du village. Sa destinée, il dit qu'on doit la prendre en main soi-même. Françoise aussi m'a conseillé de...

– Ah parce qu'elle te conseille à présent ?

– Oui. Elle dit qu'on ne doit pas gâcher notre vie, et que tu as de la chance…

Il arrêta de parler. Baissa les yeux. Ça le gênait beaucoup de rapporter les paroles de Françoise.

– Quelle chance j'ai ? insista Francine.

– ... Elle m'a dit... Francine a de la chance d'être aimée comme tu l'aimes. Quand tu es avec moi, tu penses à elle, je le comprends très bien.

Francine était émue. Pierrot avait parlé avec tant de douceur, tant de tendresse. Elle se rapprocha de lui. Ils étaient les yeux dans les yeux. Maintenant, à coup sûr, ils voyaient au fond de leur cœur.

– Tu sais, dit-elle dans un sourire, Françoise aurait pu ajouter : Pierrot, toi aussi tu as de la chance d'être aimé comme t'aime Francine.

Leurs bouches s'unirent dans un long baiser. Un instant plus tard, la mousse de la cabane leur fit un lit d'amour.

Beaucoup plus tard, Francine rentra chez elle. Ils avaient pris une décision : dimanche prochain, Pierrot viendrait voir Albert et Rosie. Les sœurs du couvent n'auraient pas de pensionnaire supplémentaire cette semaine. S'il fallait, on entrerait en guerre.

Le lundi matin, Francine était décidée à parler à ses parents pour leur demander de recevoir Pierrot lorsque Bébert arriva. Il venait demander à Albert de lui prêter une pince à avoyer pour les dents du passe-partout, qu'ils allaient manier avec Simon, pour commencer à couper du bois. Il s'était rendu directement sur le chantier. En le voyant, Francine s'éloigna aussitôt. Rosie arrivait de la cuisine.

– Bonjour Bébert.

Bébert sentit la nuance. Elle ne l'appelait plus Robert, comme elle avait pris l'habitude de le faire. Il posa aussitôt la question qui le tenaillait :

– C'est vrai Rosie ? Vous envoyez Francine au couvent ?

– Pas au couvent couillon, dit Albert, chez les sœurs.

Bébert, d'un geste de la main, rejeta le propos. Pour lui, c'était du pareil au même.

– Mais non. Au couvent, on devient sœur, et elle, elle ne veut pas devenir sœur.

– Elle ne veut peut-être pas, mais je voudrais savoir si c'est vrai qu'elle va y aller.

Rosie commençait à s'énerver. Il devait comprendre, c'était la seule solution qu'ils avaient trouvée pour calmer les esprits et ramener Francine à la raison. Bébert, perplexe, rétorqua qu'il n'était pas sûr que ce soit la bonne.

– Cette solution a l'avantage du temps. Comme ça, tout le monde pourra réfléchir, affirma Rosie.

– Pour moi, c'est tout réfléchi, dit Bébert sur un ton sans réplique. Vous me l'avez promise, je l'épouse. Il suffit de votre consentement, puisqu'elle n'est pas majeure. C'est tout.

– La belle affaire, et si devant monsieur le maire elle répond non, tu crois qu'on pourra y faire quelque chose ?

Là, Bébert ne savait pas, mais il resta ferme, il fallait aller voir le notaire pour le contrat. Ce serait ça de fait.

– T'es bien pressé.

– Eh quoi, on avait fixé les fiançailles pour la Saint-Yves. C'est dans pas longtemps. Cet été, on n'aura pas le temps à cause de la résine, alors il faut le faire maintenant.

– T'as raison Bébert, on avait fixé, dit Rosie. Mais le feu a tout détraqué et on a le temps de penser à ça.

– Il a bon dos le feu. Moi, j'avais rien demandé. C'est vous.

– Au fait, enchaîna Rosie, pour le contrat, qu'est-ce que tu comptes y mettre dedans ?

– Ce qu'on était convenu. Mon père me donne tout, et je mets le tout dans la corbeille.

Rosie mit ses mains sur ses hanches et dit d'un ton acide :

– C'est bien. Mais tu crois que les hectares de cendre vont peser lourds dans ce contrat ?

Bébert fut comme frappé par la foudre. Il ne comprenait pas.

– C'est pourtant simple, dit Rosie. Si ton père te donne tout, il te reste des semis. Ils vaudront dans dix ans. Reste quelques pins qui n'ont pas brûlé et qui vont gemmer petitement, et, en gros, quinze hectares de cendre. Ça ne fait pas beaucoup. Le contrat, comme tu dis, il ne va pas valoir grand-chose.

Bébert était horrifié. Il commençait à comprendre qu'on l'avait couillonné. On s'était servi de lui contre Pierrot. On lui avait fait miroiter des choses à cause de ses hectares. Ah ça ne se passerait pas comme ça. On allait voir ce qu'on allait voir. Pierrot ne gagnerait pas lui non plus.

– Mais c'est qu'on y compte bien. Rassure-toi, il ne gagnera pas. Tu sais très bien qu'il n'a rien.

– Alors moi, c'était donc juste parce que j'avais quelque chose ?

– Tu sais, la forêt, c'est un travail de longue haleine, répliqua Rosie. Il faut du temps pour créer une propriété. Il y a ceux qui gardent, ceux qui ne savent pas garder, vendant petit à petit, et ceux qui, par alliances judicieuses, travaillent pour le futur.

– Et alors, les soixante hectares, vous les aurez quand même, même si maintenant ils valent moins.

– Tu as bien dit pour la valeur, expliqua Rosie. Les hectares de cendre, si ton père veut, on les rachète au prix de la lande. Un peu plus parce que c'est vous. Et pour vous c'est mieux, vous auriez l'argent tout de suite.

Bébert ne comprenait pas. Puisque, en épousant Francine, ils auraient la propriété pour rien, il valait mieux le marier.

– Que tu dis ! Tu vivrais sur notre propriété sans que la tienne ne te rapporte un franc avant de longues années. Donc, tu nous coûterais de l'argent.

– J'ai compris. Sans rien, je suis comme Pierrot, un indésirable. C'est ça ?

– Disons qu'aujourd'hui tout est différent.

Bébert, hors de lui, devint rouge de colère. Vraiment, Rosie était un démon. Elle n'avait pas de sang dans les veines, mais de la résine qu'elle transformait en argent.

– Et Francine, vous lui avez raconté tout ça ? Qu'est-ce qu'elle en pense de savoir que vous l'échangez contre de la propriété ? Dans le fond, vous vous en foutez bien d'elle.

Rosie prit la mouche.

– Ça ne te regarde pas. Compris ? C'est nos affaires. D'ailleurs, on t'a beaucoup trop entendu. Prends ta pince à avoyer et fous le camp.

– La pince, vous pouvez vous la mettre où je pense, et ce que je regrette le plus c'est que vous n'ayez pas brûlé vous aussi. Ça vous aurait rabaissé le caquet. C'est vraiment dommage.

– Nous menace pas Bébert, je sais où est la gendarmerie.

Bébert partit fou de rage.

Simon fut à peine surpris de l'évolution de la situation. Il avait imaginé cette issue depuis le début. Ça devait finir comme ça. Il savait que Rosie n'avait pas de cœur et qu'Albert était un imbécile.

– Je comprends ta déception, mais tu t'y feras. Ne t'inquiète pas, tu seras plus tranquille comme ça. Nous trouverons toujours à manger. En plus, Rosie t'aurait rendu la vie impossible.

Les rêves de Bébert s'envolaient. Il comprit qu'il serait seul à tout jamais. Sans femme. On allait encore se moquer de lui au bourg. Malgré la carapace d'ours qui l'habillait depuis longtemps, il en souffrait. Il travailla dur toute la journée. Le soir, épuisé par le travail et le vin, son père dut l'aider à se coucher.

De la grange, Francine avait entendu les éclats de voix. Bébert n'était plus en état de grâce, elle l'avait entendu. Son geste avait eu la portée qu'elle espérait. Francine n'avait aucun remords. Elle avait le sentiment que ce geste d'incendiaire lui avait été dicté par les événements. Presque imposé. Il était la conséquence d'une situation qu'elle ne souhaitait pas, donc il s'inscrivait, à ses yeux, dans une logique évidente. Elle s'accrochait à son bonheur. Hier, dans la cabane, avec Pierrot, elle avait compris la force de leur amour. Il était réel et rien ne parviendrait à le briser. Pierrot lui avait parlé longuement des prédictions de la vieille Tina. Le langage l'avait surpris. Les images n'étaient pas toujours claires, mais elle sentait que l'avenir, comme le disait François, ce prêtre-ouvrier curieux qu'il lui tardait de connaître, ils étaient en train de le bâtir eux-mêmes. Tant qu'à Françoise, elle n'arrivait pas à lui en vouloir vraiment. Elle la plaignait. Elle aussi finirait bien par trouver un amour durable D'ailleurs, la vieille

Tina lui avait prédit. Il ne restait plus à Francine et à Pierrot qu'à convaincre Albert et Rosie. Pour cela, il fallait qu'ils acceptent de recevoir Pierrot dimanche.

À cette demande, Rosie hurla. Il n'en était pas question, ce vaurien ne mettrait pas les pieds chez eux. D'accord, Bébert n'était plus le gendre idéal, avoua-t-elle, mais Pierrot non plus. Est-ce que c'était clair ? Le bruit de la conversation de ce matin était bien ce que pensait Francine. Elle osa :

– Maintenant, ils sont à égalité. Pas de propriété ni l'un ni l'autre. Et Pierrot, je l'aime et il m'aime.

– Et Françoise dans tout ça, tu l'oublies ?

– On s'est expliqué.

Albert semblait plus compréhensif. Le curé attendrait bien une semaine de plus pour donner la réponse aux sœurs. On pouvait toujours voir.

– Non Albert, il n'en est pas question, je ne recevrai pas Pierrot à la maison.

– J'ai une solution maman. Je suis sûre qu'Ariste nous acceptera chez lui. Comme ça, tu ne recevras pas Pierre.

Rosie finit par accepter, mais prévint. Cette entrevue lui permettrait de dire une fois pour toutes à Pierrot qu'elle ne le voulait pas comme gendre. Que ce soit clair. Après, cette histoire cesserait. On n'en parlerait plus.

Ariste se fit un plaisir de servir de terrain neutre. Pierrot, prévenu le matin, arriva au rendez vous avec une bonne heure d'avance. Il n'avait pas pu manger, tellement il était nerveux.

Ariste fit entrer les Meyre dans la salle à manger, Pierrot y était déjà.

– Je vous laisse. Si vous avez besoin de quelque chose, je suis à côté.

Rosie s'assit sans dire un mot, même pas un bonjour. Le silence était pesant. Francine regardait Pierrot, il avait l'air très embarrassé. Les paroles de Françoise tournaient dans sa tête :

– Il faut les convaincre, leur dire qui tu es. Ce que tu veux devenir avec Francine.

François, la veille au soir, lui avait dit en le quittant :

– N'oublie pas, Pierrot. Nous avons l'alphabet. À nous de fabriquer des phrases vraies. Les phrases du cœur. Elles doivent être très simples, tout le monde doit les comprendre. Laisse les grandes phrases aux gens qui n'ont rien à dire d'intéressant. Elles meublent leur silence.

À cet instant, le silence avait besoin d'être meublé. Personne ne parlait.

Au bout d'un moment, Pierrot se hasarda.

– Je voudrais vous remercier Rosie et Albert d'être là aujourd'hui…

Non, ça n'allait pas. Ça commençait comme un discours du maire. Des phrases simples. Facile à dire ! D'un coup il se décida, et dit d'un trait :

– Vous ne me voulez pas comme gendre, je le sais ; mais j'aime Francine, et, avec votre permission, je veux l'épouser.

Rosie lança, perfide :

– Et sans notre permission ?

L'ennemi montrait ses forces.

– Sans votre permission, j'attendrai sa majorité.

– C'est beau l'amour, dit Rosie. Mais tu sais très bien que tu ne peux pas être notre gendre.

– Enfin pourquoi, je vaux autant que Bébert, non ?

– Mon pauvre ami, continua-t-elle. Bébert, c'est Bébert. Laissons tomber. Mais toi Pierrot, réfléchis, tu ne fais pas partie de notre milieu.

Pierrot ne comprenait pas. Il fallait qu'on lui explique. Qu'il sache. Ils étaient tous du même pays. Du même coin. Du même bourg. Alors qu'est-ce que ça voulait dire, leur milieu ?

– On est du même coin, c'est vrai, mais ça ne suffit pas. Je vais t'expliquer pourquoi on ne veut pas de toi Pierrot. Le grand-père d'Albert avait de la lande et il élevait des moutons. Quand la lande ne suffisait plus à les rassasier, il partait dans la lande voisine, et faisait des kilomètres et des kilomètres, au rythme de ses moutons, et ça par tous les temps. Il n'y avait que le mouton pour vivre, et c'était très dur. Un jour, il en a eu assez d'être comme un bohémien. Il décida de semer des pins. Il avait entendu dire que dans les Landes voisines, ça se faisait beaucoup. Alors, ça devint la guerre entre les moutonniers qui perdaient des pâturages et ces nouveaux paysans de la forêt. Les moutonniers allumaient souvent des feux pour essayer de les décourager, et pour reconquérir leurs pâturages perdus. Alors, une lutte terrible commença. Il fallut sauver les pins à tout prix. Ce fut très dur. Les incendies, le manque d'argent rendaient leurs vies infernales. Malgré tout, ils persistèrent. Autour de la forêt, d'autres métiers se créèrent, et les moutonniers se transformèrent eux aussi en bûcheron, en charbonnier, en résinier. Petit à petit, ces fous comme lui finirent par gagner. Petit à petit, ils plantèrent toute la lande de ces pins qui font aujourd'hui notre richesse. Depuis trois générations, on s'occupe de pins, on vit de pins, alors que toi tu as quitté ces pins pour faire le facteur et maintenant je ne sais trop quoi. Donc, tu n'es pas de notre milieu, tu n'as pas l'amour de la forêt suffisamment ancré en toi, on ne peut pas te laisser prendre Francine pour femme. C'est aussi simple que ça. Il nous faut quelqu'un pour continuer le travail commencé par les anciens, et si ce quelqu'un a des biens, c'est encore mieux.

Pierrot avait écouté calmement. Il répondit calmement :

– Rosie, j'ai quitté la forêt parce que je n'y étais qu'un ouvrier, et je n'y gagnais pas grand-chose. Même après avoir abandonné le métier de résinier, quand j'étais facteur, j'aidais souvent mon père. Et cette forêt, celle que je n'ai pas, c'est vrai, je ne la vois pas comme vous, mais je la connais bien et je l'aime. Je sais que dans un coin d'aoùbés les pins y sont bien, mais mieux dans un coin de fougères. Je sais reconnaître dans un semis l'arbre qu'il faut garder, et celui qu'il faut sacrifier pour mieux laisser pousser les autres. Je connais le gîte du lièvre, la remise de la bécasse. À l'automne, quand les fougères roussissent et que le houx va commencer à fleurir, l'odeur du sous-bois sent bon. On dit qu'on sent les cèpes. Le soir, à la cabane, dans les dunes, où j'étais avec mes parents dès l'âge de quatorze ans, les oiseaux de nuit nous faisaient un concert gratuit sous les étoiles. Accompagnés par la brise légère qui poussait des nuages de dentelle, ils nous disaient, à travers la cime des pins, le temps à venir. Mon père m'apprenait la Grande Ourse, la Petite Ourse, l'étoile du Berger et les autres. En décembre, je rapportais de la mousse fraîche ramassée au pied d'un pin, côté nord, parce que c'est là qu'elle est la plus douce, pour la mettre devant la crèche, et je posais les santons dessus. Je me disais : ça doit leur faire drôle, parce qu'à Bethléem ils étaient sur du sable, pas sur de la mousse, et je riais du bon tour que je leur jouais. Alors c'est vrai Rosie, on n'est pas du même milieu. Vous les pins, vous les comptez, mille, deux mille, dix mille, et le tout se transforme en bons du Trésor. Moi, les pins que je n'ai jamais eus, je les aime. Il y a mille façons d'aimer, et ce n'est pas forcément la sienne qui est la mieux, mais c'est celle qui nous convient le mieux. Ma grand-mère me disait les soirs de grand vent :

– Tu entends la forêt, petit, elle plaint.

– Voyons mémé, c'est le vent dans les arbres.

– Va savoir Pierrot, va savoir. Le vent il a bon dos.

Et elle partait en marmonnant des choses que je ne comprenais pas. Alors, petit à petit, dans cette forêt où le vent avait bon dos, les pins se sont transformés en personnages aux yeux tournés vers les nuages, et vers les étoiles dont je connaissais le nom. Ils sont devenus des amis que j'ai dû quitter, parce qu'ils ne pouvaient plus me faire vivre. Tenez, Rosie, je vais vous faire rire : l'an dernier, je me suis rendu du côté de la forêt de la vache, dans un coin à bécasse que je connaissais, j'ai eu la surprise de voir que les pins étaient coupés. C'était normal, ils avaient l'âge. Il n'en restait qu'un, séché par un coup d'orage, mais encore debout. Je me suis appuyé contre lui et j'ai pleuré sur ce coin de forêt disparu. J'avais perdu des amis. Depuis, je suis parti pour la ville. Dans mon travail, sur les quais, quand le contremaître pousse un coup de gueule, je ne l'entends pas. Je le vois à peine. Je suis sur l'étang, sur mon bateau, je vais à la rencontre des pins de la dune. Vous savez, Rosie, les yeux ne voient que ce qu'ils veulent voir.

Francine était bouleversée. Elle découvrait un Pierrot qu'elle n'imaginait même pas. Tout de douceur et de tendresse.

– Pierre, dit-elle les larmes aux yeux.

Il vit son émotion et lui dit en souriant :

– Les hommes sont souvent comme ça. Mais ils ne le montrent pas. Du coup, ils passent à côté de choses magnifiques. Quand deux amoureux s'embrassent, dans un film d'amour, les garçons dans la salle éclatent de rire bêtement. Pour faire croire qu'ils se moquent. Un homme ça ne doit pas être tendre. Ce n'est pas bien.

Albert ne savait plus quelle attitude adopter. Il semblait bouleversé. Rosie ne marquait aucun signe. Après un silence, elle dit :

– C'est joli ce que tu dis Pierrot. Mais quoi que tu dises, le travail commencé par le grand-père ne doit pas s'arrêter en chemin. Il faut agrandir la propriété. On n'a pas le droit de faire autrement. Arrêter le travail commencé, ce serait trahir sa mémoire. Je le répète, aimer ne suffit pas si l'on apporte rien. C'est pour ça que tu ne conviens pas.

Elle se leva, donnant ainsi le signal du départ.

À ce moment, la porte s'ouvrit et Ariste entra. Il paraissait très excité.

– Pardon à tous, mais je n'ai pas pu m'empêcher d'écouter. Les murs sont épais, mais la porte et vieille et elle jointe mal. Alors, dit-il avec un air gauche, j'ai un peu entendu.

– Ça fait rien Ariste, l'entretien est fini, tu vois, on s'en va.

– Oh que non il n'est pas fini ! dit-il sur un ton ferme. Rosie, assieds-toi.

Interloquée par le ton, elle s'assit.

– Pierrot, il y a une huitaine, je t'ai dis que j'aurais quelque chose d'important à te dire dans quelque temps. Tu t'en souviens ? Je voulais attendre un peu, mais je vois que le temps presse, et dans quelques mois ça pourrait être trop tard. Voilà de quoi il s'agit.

Ariste s'assit, se lissa tranquillement les moustaches entre le pouce et l'index. Le silence remplissait la pièce. Il appela Marie, elle vint prendre place à ses côtés.

– Voilà. D'après ce que j'entends, Rosie est toujours aussi bornée.

– Ariste, je t'en prie.

– Tais-toi Rosie. Tu es ici chez moi. Parfaitement, tu es bornée. Je sais aussi que Francine aime son Pierrot. D'ailleurs, elle a voulu mourir pour lui. Et je le vois, Pierrot aime Francine, sinon il ne serait pas là en ce moment à se tuer à vous le faire comprendre. Donc, il n'y a pas deux solutions, il n'y en a qu'une : il faut les marier. Mais pour ça, il faut que Rosie accepte. Je dis Rosie, parce que toi, Albert, maintenant, t'as pas l'air trop contre. Seulement, il y a un seulement, Pierrot n'a pas un mètre carré de pins.

Il arrêta son discours. L'air inquiet de Rosie le remplissait de bonheur. Après un court instant, il reprit très lentement :

– Plus exactement, il n'avait pas.

Il se tourna vers Pierrot.

– Pierrot, Marie et moi, on a eu un enfant ; hélas, il est mort en naissant, et Mathilde, la petite filleule, nous a quittés tragiquement. Alors nous, les pins et tout le bazar, on en a marre. Ce qu'on veut, c'est se reposer, et c'est pour ça que je voulais te voir. Marie et moi, nous avons décidé de te faire héritier de toute notre propriété.

Pierrot n'en croyait pas ses oreilles. Rosie ne comprenait plus. Elle était prise à son propre piège. Elle n'aimait pas Pierrot, ce bon à rien sans propriété. Maintenant, il allait en avoir une, et une belle. Elle ne se sentait pas capable de l'apprécier pour autant. Son mépris envers lui avait été trop loin. Revenir en arrière paraissait très difficile. La situation n'était pas simple. Que dire ?

Que faire ? Tout tournait dans sa tête. L'argent. Les pins. Son autorité. Sa fille. Pierrot. Elle était dans un étrange ballet dans lequel elle n'arrivait pas à danser en mesure.

Ses parents partis, Francine et Pierrot, devant Marie émue aux larmes, et Ariste, ravi de l'effet produit par son annonce, s'embrassèrent tendrement.

Il sembla à Pierrot que quelque part la vieille Tina souriait.

Chapitre 21

Ariste expliqua à Pierrot leur décision de le faire héritier. Pierrot enfant, sans s'en rendre compte, leur avait regonflé le moral quand il venait chez eux avec Paul, son père, à la suite de la mort du petit Jean-Marie. Il avait fini par l'aimer comme un fils. Ce que ne dit pas Ariste, c'est cette revanche qu'il prenait sur Rosie. Ce souvenir de jeunesse lui avait longtemps torturé le cœur et, là, il savourait sa vengeance. Il n'aimait pas ce mot, pourtant, elle méritait bien ce qui lui arrivait. De plus, ils auraient ainsi des successeurs. Quand Pierrot apprit la nouvelle à ses parents, ils furent à peine surpris.

– Ariste est un homme de cœur. S'il t'aime comme un fils, aime-le comme un père.

– Mais... papa.

– Ne t'inquiète pas. Je ne suis pas jaloux. C'est bien comme ça. Ça prouve ta valeur, et moi je suis heureux de ne pas t'avoir appris la forêt pour rien. Je suis largement remboursé. Francine est une brave fille. Vous serez heureux.

Rue Pomme-d'Or, Germaine fut folle de joie et remplie de peine. Maintenant, Pierrot allait partir pour travailler dans sa nouvelle propriété. Il allait lui manquer. De toute façon, il ne partirait pas avant quelques semaines. Et puis Rosie n'avait pas dit son dernier mot, n'avait donné aucune autorisation.

Françoise embrassa Pierrot avec joie Elle était heureuse pour eux. Maintenant, Rosie pourrait difficilement s'entêter.

– Dimanche, je serai chez moi, à Cantelaude, j'aimerai voir Francine. Vous pourriez venir dans l'après-midi ? J'aurai une surprise pour vous.

Pierrot se demandait bien quelle était la surprise. François, à qui il en parla, lui répondit en riant :

– Tu vas être vraiment étonné de cette nouvelle.

– Ah bon, t'es au courant ?

– Oui. Depuis quelques semaines, je vois souvent Françoise.

Tiens ! Une idée germa dans l'esprit de Pierrot, il préféra pourtant ne pas en parler, il attendrait dimanche pour savoir.

Dans la semaine, Ariste passa chez les Meyre. Il fut très direct.

– Alors Rosie, tu as réfléchi, c'est oui ou c'est non ?

– Ariste, je pense tu as pris une place dans cette affaire que tu n'aurais jamais dû prendre.

– Écoute Rosie, Bébert est un brave garçon, mais quand même, ta fille vaut mieux, non ?

– Cette idée de le faire hériter est ridicule !

– Il pourrait presque te dire merci.

Rosie se rembrunit. Fronça les sourcils.

– Lorsque j'ai compris que ce mariage avec Bébert était un mariage de calcul, je me suis vraiment décidé de faire de Pierrot mon héritier. Là, je savais qu'on allait lutter à armes égales, et qu'on finirait bien par marier ces petits. Enfin, tu vois bien qu'ils s'aiment. Si tu veux voir ta fille heureuse, il faudra bien que tu finisses par dire oui. Sinon, ils se marieront sans vous à la majorité de la petite, et vous serez seuls comme deux couillons.

Rosie n'était pas prête à accepter. Même si elle se moquait du qu'en-dira-t-on, si elle cédait, elle passerait pour une faible, et ça il ne fallait pas y compter. Elle avait son orgueil !

– Les gens, rétorqua Ariste, ils penseront qu'il était temps que vous changiez d'avis pour garder votre fille. Ils n'ont pas oublié la tentative de suicide. Ils comprendront.

Bébert avait observé le remue-ménage de dimanche chez Ariste. Il avait compris, c'en était fini pour lui. Il n'aurait pas Francine. Ce qui le vexait le plus, c'était d'avoir été berné. Il allait passer pour un imbécile aux yeux des gens. Il continuerait à boire, et après quelques verres il n'entendrait plus les moqueries. Ben-doutch, dans sa démarche de balancier, ressortirait petit à petit d'une histoire dans laquelle il n'aurait jamais dû entrer.

Le dimanche après-midi, Francine et Pierrot se rendirent comme promis chez Françoise. Elle était sur le pas de la porte avec sa mère. Elle prit Francine dans ses bras, lui demanda pardon, lui dit avec quelle peine elle avait appris sa tentative de suicide.

– Je ne m'en serais jamais consolée.

Francine pardonnait. Elle aimait trop son amie pour lui en vouloir. C'est vrai, ça lui avait fait très mal, mais le passé était effacé par les promesses de l'avenir.

Françoise souriait, heureuse de sa réaction. Elle leur parut changée. Transformée. Son regard était plus doux. Sa voix plus posée. Plus douce. Sans ironie. D'habitude fantaisiste, elle paraissait tout à coup rangée. Le papillon semblait s'être posé.

– Alors, cette surprise ? osa Pierrot.

– Elle arrive Pierrot, elle arrive. Depuis quelques semaines, je vois très régulièrement François.

Pierrot frappa dans ses mains :

– Je m'en doutais. Il quitte la soutane pour toi. Quelle histoire !

Françoise éclata de rire.

– Il la met si peu, personne ne s'en apercevrait. Mais non Pierrot, tu n'y es pas. Je vous explique : le dimanche où je suis allée le voir à Saint-Michel avec Germaine, il s'est passé au plus profond de moi quelque chose de curieux. Quelque chose m'envahissait, m'apaisait. J'en ai parlé à François, il m'a dit : « Ça fait souvent cet effet la première fois où l'on entend les grandes orgues, les sons vous pénètrent, c'est tellement beau. » Je n'étais pas persuadé qu'il ait raison. En fait, ce n'était pas les orgues. Ce jour-là, j'ai eu l'impression d'être dans un autre monde, et je sentais une sorte de bien-être agréable. À ce moment-là, il m'a semblé que rien de fâcheux ne pourrait désormais m'arriver, mais je sentais qu'il fallait pour cela prendre une direction, mais je ne comprenais pas laquelle. J'ai eu, ce jour-là, la sensation d'avoir rencontré l'absolu. Je le cherchais tellement depuis longtemps.

Ses propos étaient, pour eux, énigmatiques.

– Francine, tu me disais papillon, c'était vrai. Je butinais de fleur en fleur. La vieille Tina m'avait dit : « Tu aimes la vie... tu la dévores... tu es en quête d'absolu. » Et elle avait ajouté une phrase qui m'avait fait peur : « On enfante dans la douleur. » Elle avait ajouté, je peux le dire devant toi Francine, puisque tu me pardonnes : « Tu vas te poser sur une fleur aux pétales cassés. » Cette fleur aux pétales cassés, c'était toi Pierrot, en mal de Francine. Te perdre m'a procuré de la douleur, je ne le nie pas. Chercher un chemin semblant être le bon et avoir du mal à le découvrir est douloureux aussi. La dernière prédiction de Tina a été celle-ci : « Le papillon sera surpris d'apprendre que le bonheur n'est pas toujours où on le croit. » Il faut faire le vide en soi. Le vide, François m'a aidé à le faire, et j'ai trouvé. Et pour être surprise, j'ai été surprise. Cette envie de dévorer la vie à travers des rencontres ne me comblait jamais tout à fait. Cette envie de bonheur dans ma tête et dans mon cœur plus que dans mon corps, seul quelqu'un d'exception pouvait me le donner. Les orgues ont frappé à la porte de mon cœur, il s'est ouvert et a laissé passer la lumière. Le bonheur n'est pas toujours où on le croit. Décidément, la vieille Tina avait raison. Je croyais au bonheur absolu avec un homme, et bien non, pour moi, il est avec Dieu.

Francine et Pierrot la regardaient avec étonnement. Ses yeux avaient un regard pur. De ces regards qu'ont les enfants avant d'apprendre à mentir. De ces regards qui ne déshabillent pas les corps, mais vous mettent le cœur à nu et l'habillent d'une douce chaleur. De ces regards qui, à travers la simplicité du sourire, vous donnent l'envie d'aimer tous les autres. De ces regards qui, par leur bonté, vous emmèneraient jusqu'au bout du monde, sans chercher à comprendre. Françoise était bouleversante. Sa mère la regardait avec une tendresse infinie. Un amour total. Une joie profonde. La jeune fille à la poitrine agressive avait laissé la place à une jeune femme apaisée. Elle savait où elle allait. Elle était heureuse d'y aller. François l'avait accompagnée dans sa recherche, en se faisant l'avocat du diable. En s'assurant qu'elle ne faisait pas fausse route. Elle avait fait le vide dans son esprit. Elle était sûre d'elle. En septembre, elle rentrerait au couvent comme novice.

– Au couvent, mais alors on ne te verra plus, dit Francine effrayée ?

– Pas souvent. Après mon noviciat, je prendrai le voile, et là vous ne me verrez plus beaucoup. Un amour absolu, ça se vit dans l'absolu. Mais je penserai à vous, j'ai choisi un nom, il me parlera de vous tous les jours. En religion, je m'appellerai sœur Marie Saint Vincent, comme le saint patron de la paroisse. Comme ça, vous penserez au moins à moi un jour par an, dit-elle en riant, pour la fête du village.

Pierrot ne comprenait pas. Il n'acceptait pas l'idée de sortir du monde en s'isolant dans un couvent. Il valait mieux s'occuper des autres, à la manière de François par exemple.

– Tu sais Pierrot, chacun est bon dans un domaine et pas forcément dans l'autre. Ce que fait François, je ne saurais pas le faire. Il me faut le silence et la prière pour m'accomplir.

– Tu ne penses qu'à toi, à ton bonheur. Tu ne serviras à rien pour les autres. Ta foi est inutile, dit Pierrot presque en colère.

– Oh que non, pour moi, maintenant, la prière n'est jamais inutile. Vous êtes tous pareils, vous ne croyez pas en la prière. Elle a pourtant des facultés inimaginables et vous seriez sans doute surpris de constater ses bienfaits.

Non, Pierrot ne comprenait pas. Il n'acceptait pas.

– Mais le bonheur, Françoise, le bonheur, c'est aussi autre chose, non ?

– Celui auquel tu penses, Pierrot, donne des instants de paradis, c'est vrai. Dans la prière, je trouve le paradis à chaque seconde et je demande qu'il retombe sur tous ceux que j'aime.

– Pourtant, un couple...

– Certains y arrivent. C'est sûr. Mais la plupart sont détruits par l'habitude. Alors, pour reconquérir cet amour dont tout le monde a besoin, ils partent chacun de leur côté en quête de nouvelles amours, et il y a toujours quelqu'un en souffrance. Vous deux, vous êtes faits pour vous aimer longtemps, très longtemps, ça se voit. Chassez les habitudes, ayez un regard neuf tous les jours, et vous y arriverez.

Elle avait beau dire, Pierrot ne comprenait pas.

– Ma démarche vous surprend et mes explications ne vous convaincront pas. Mais faites-moi confiance, je le veux par-dessus tout. J'ai bien réfléchi. Je n'entre pas au couvent par déception ou par peur de la vie. Je vais entrer dans la joie absolue, et je penserai très fort à vous tous que j'aime.

Francine se leva, prit Françoise dans ses bras. Elle était très émue. Elle revit en un instant sa copine aux allures racoleuses. Quel chemin parcouru ! Elle mesura aussi le sien. Curieux destins. Pour elle aussi, son amour avait enfanté dans la douleur. Maintenant, pour toutes les deux, l'avenir semblait, avec des choix différents, s'inscrire dans l'espoir. Elles avaient pris leur destinée à bras-le-corps et en acceptaient toutes les conséquences.

– Cette nouvelle s'arrose, non ? dit Françoise à nouveau espiègle. Mon père a sorti une bouteille de vin blanc du chai. On va la boire à la santé de la vielle Tina et on ira la voir pour la Saint-Yves.

Pour la Saint-Yves, deuxième fête du village, à l'écart des manèges, la vieille Tina était là, dans sa roulotte enfumée. Lorsqu'elle vit entrer Françoise, Pierrot et Francine dans sa roulotte, elle eut un grand sourire.

– Voilà mon papillon. Ah... je vois ton regard. Tu as enfin trouvé. Tu entres dans ton absolu. Tu seras très heureuse. Et toi garçon, ça y est, tu as retrouvé ton soleil.

– Vous aviez tout vu Tina.

– Tout... on ne voit jamais tout. L'avenir est bizarre. Les gens font ce qu'ils veulent. Mais s'ils écoutaient les vieilles Tina, ils feraient plus attention et seraient peut-être plus heureux. J'ai vu pour vous, c'est vous qui avez décidé. Personne d'autre. Les cartes indiquent le chemin, mais il n'est pas obligatoire. Moi, je fais confiance à Sara, notre Vierge noire.

– Et vous Tina, vous avez l'air fatiguée, s'inquiéta Françoise.

– Je suis la vieille Tina, dit-elle en souriant.

– Mais non.

– Si. Tiens papillon, retourne une carte pour moi.

Françoise retourna une carte. Ils reculèrent tous les trois. En voyant la carte, la vieille Tina ne se départit pas de son sourire.

– La grande faucheuse, elle arrive enfin, dit-elle.

– Mais... mais... c'est une faux, c'est la…

– C'est la mort, dit-elle calmement. Depuis le temps que je l'attends. Tu vois papillon, moi aussi, je vais enfin trouver mon absolu. Je n'aurai plus besoin de me mentir.

Elle tira une bouffée sur sa cigarette, une volute douce et lente l'enveloppa comme une caresse.

Quand la fête fut terminée, les forains furent surpris, à une heure tardive, de voir briller la lumière rouge dans la roulotte de Tina. Curieux, ils allèrent voir et la trouvèrent assise, avec la « faucheuse » entre les doigts. Elle avait l'air reposée. Celui qui lui ferma les yeux raconta que la vieille Tina avait perdu ses rides et qu'elle dansait désormais avec Sara la noire.

Pierrot quitterait son travail ce soir. Chez Ariste, il occuperait la chambre de Mathilde. Marie avait rangé dans une boîte en carton des souvenirs de la petite filleule : une mèche de cheveux, attachée avec un ruban rose, un peigne à chignon et son porte-plume. Certes, les souvenirs n'ont pas besoin d'objets pour exister, mais en les regardant et en les touchant elle aurait le sentiment d'une présence.

Pierrot ferait des éclaircies dans les pins de trente ans avec Ariste. Il lui montrerait les limites de sa propriété. Dans quelques semaines, on passerait chez le notaire pour les papiers.

En attendant ce soir, où il avait invité ses copains de travail chez Germaine, pour l'apéritif, sa dernière journée se passerait comme d'habitude.

Sur les quais, les dockers attendaient les ordres. Comme tous les matins à l'embauche, le chef d'équipe distribua le travail. Vingt-cinq hommes aux arachides, trente aux barriques de vin, autant aux apéritifs. Les vingt restants aux engrais. Marcel n'était pas content ! Ce déchargement était dur. Des sacs d'engrais s'échappait toujours du petit gravier malodorant et poussiéreux, qui coulait dans le dos et brûlait la peau. Voilà huit jours que la même équipe se tapait le sale boulot, ça suffisait ! Les occasionnels pouvaient y aller de temps en temps, non ? Le chef d'équipe, intraitable, refusa.

– Ce qui est dit est dit

Furieux, Marcel demanda, en compensation, une prime pour ce travail dégueulasse, sinon il ne le ferait pas. Le pilote du bateau assurant la traversée vers les quais où se trouvaient les engrais, impatient, fit mugir la sirène et cria :

– Alors, ça vient oui ou merde ?

– Merde, lui répondit Marcel sans hésiter.

Les désignés aux arachides étaient gênés. C'est sûr, ils préféraient rester où ils étaient, mais le devoir de solidarité était le plus fort. Marcel n'en démordait pas :

– La prime ou la grève.

Tous étaient d'accord. De toute façon, on devait les augmenter il y a plus d'un mois, et rien n'avait été fait. Alors, c'était maintenant ou jamais. Le chef d'équipe, se sentant un peu seul, appela au secours son supérieur. On vit arriver un homme en costume et cravate, détonnant un peu avec les salopettes qui l'entouraient. Monsieur Meynieu était chef des chefs d'équipe. Il gouvernait sur tous les quais.

En deux mots, le contremaître expliqua. Marcel refusait de travailler, ses copains aussi. Il dit pourquoi. En plus, ils réclamaient une prime. Monsieur Meynieu fut surpris.

– Une prime ? Voyons, c'est de la folie en ces temps difficiles.

– Ce qu'il ne vous dit pas, dit Marcel en désignant le chef d'un mouvement du menton, c'est que ça fait huit jours qu'on y est aux engrais !

Monsieur Meynieu resta imperturbable. Ce n'était pas une raison. Ce n'était pas plus dur qu'ailleurs.

– Ah non ? Venez-y avec votre col cravaté, vous verrez, et vous nous direz si c'est pas plus dur qu'ailleurs.

Cette phrase fut prise par le responsable comme un manque de respect. On ne parlait pas ainsi aux patrons. S'il avait une cravate, c'est parce qu'il avait des responsabilités ! À chacun son rang. Du coup, il décréta qu'il n'avait pas à discuter avec le personnel.

Pierrot sentit monter en lui la colère. Ici aussi, on décidait pour eux et selon un seul critère : l'intérêt, mais pas celui des ouvriers. Les événements du village l'avaient endurci. Ouvertement, il prit la défense de ses amis. Ça suffisait. On devait prendre au sérieux leurs demandes. Le travail était dur, et une prime serait la bienvenue. Elle aurait le mérite de prouver que les patrons respectaient leurs ouvriers, et la confiance ainsi créée serait propice au bon travail de tous. Les autres l'approuvèrent.

– Je dois partir ce soir, mais je ne vais pas vous laisser tomber. S'il faut, je resterais le temps qu'il faudra pour obtenir gain de cause.

Les copains applaudirent. On allait voir ce qu'on allait voir.

Au milieu des paroles criées, des réflexions acerbes, des gestes brusques devenant menaçants, une voix soudain s'éleva. Au-dessus de toutes les autres. Ferme. Assurée.

– Les amis, un peu de calme et raisonnons, si vous le voulez bien monsieur Meynieu.

François, le curé docker, le prêtre-ouvrier prenait les choses en main. Le ton posé qu'il employa fit taire les cris désordonnés. Tous les regards se fixèrent sur lui. Monsieur Meynieu et le contremaître étaient tendus. Un homme d'équipe, on pouvait le rabrouer. Mais un homme d'équipe prêtre, c'était plus délicat. Même si l'on n'a pas de religion, ça se respecte. Gênés, ils attendaient. François expliqua le travail dur de l'engrais. Il comprenait Marcel et les autres. Le soir, le dos souffrait plus que d'habitude. Il se portait volontaire pour y aller, mais adhérait pleinement à leur revendication légitime pour la prime. D'ailleurs, on leur avait promis une augmentation. Monsieur Meynieu fit un signe de tête négatif.

– Si si, monsieur Meynieu, rappelez-vous, dit François. Le mois dernier, et même avant. Vous aviez promis d'en parler.

Il avait promis, c'est vrai, mais ce n'était pas lui le décideur. Peut-être, cependant il avait du pouvoir, et s'il avait voulu.. !

– C'est de la folie, ajouta le chef, si on verse une prime parce que l'engrais vous coule dans le dos, vous trouverez mille raisons pour en demander d'autres.

François n'était pas d'accord. Cette prime était dérisoire par rapport aux bénéfices engendrés par les transports d'engrais. Il savait lire les bilans des sociétés. Les compagnies maritimes pouvaient payer.

– Jusqu'à quand, monsieur Meynieu, les ouvriers vont faire les frais de ce genre de chose ?

Jusqu'à quand il faudra se mettre en grève, pour avoir le minimum ? Jusqu'à quand allez-vous nous forcer à demander la charité ? Il faudra encore beaucoup de révoltes ?

Monsieur Meynieu vit rouge. François l'avait habitué à ce genre de discours dans son bureau, pour défendre des cas particuliers ; en public, il n'appréciait pas du tout. Il se mit donc en colère, parce qu'il ne savait que répondre :

– Ici, monsieur le… enfin ici, on ne fait pas de politique, vu ?

– De la politique ? Mais je n'en fais pas, monsieur Meynieu. Je ne suis à aucun parti. À aucun syndicat. Je ne suis que prêtre, et je cherche simplement à rendre les choses justes et équitables, pour le bien de tous. Il n'y a ni patron ni ouvrier, ajouta-t-il dans un sourire, nous sommes tous égaux et frères. Et je suis d'accord avec ce que Pierrot a dit, c'est une question de respect. C'est tout. Je laisse la politique aux politiciens.

Eh bien, on allait voir. D'abord, on avertirait le grand patron. Comme ça, tout rentrerait dans l'ordre. François était d'accord, les autres aussi : il fallait voir le grand patron. Tout de suite. On discuterait avec lui. Le patron n'était pas là aujourd'hui ? Pas de problème, on le verrait demain.

– D'accord, dit le contremaître soulagé, en attendant, tout le monde au travail.

François amena une précision : en attendant de le voir, à ce personnage très occupé, on allait rester ici à l'attendre.

– Quoi ? La grève ! hurla monsieur Meynieu, rouge de colère.

– Eh oui ! clamèrent en cœur les dockers.

Aussitôt, ils s'organisèrent. Trois furent désignés pour approvisionner le casse-croûte, les autres s'asseyaient sur des sacs.

Monsieur Meynieu et son contremaître partirent, furieux, expliquer la situation au patron. Le bateau resta à quai ce jour-là. L'engrais ne coula pas sur la nuque des dockers.

L'arrivée du grand patron fut annoncée pour le lendemain midi. On attendrait donc. En attendant, la liste des revendications augmentait. Le groupe de grévistes avait le soutien des autres dockers. Les bateaux en partance furent bloqués, leurs cales ne se remplissaient pas ne se vidaient pas. Pierrot et François passèrent leur journée à circuler de groupe en groupe, pour encourager à la fermeté. Le jour dit, une liste avait été faite, la prime restait le point essentiel. Hélas, le patron avait eu un empêchement de dernière minute, il viendrait le lendemain, vers midi.

Tous comprirent la tentative de découragement. Ils ne l'étaient pas, et dans cette attente la grève s'installait.

Dans la matinée du lendemain, vers dix heures, le curé de la paroisse Saint-Michel vint chercher François. On le demandait d'urgence à l'archevêché. Pas d'inquiétude, il serait de retour à midi pour rencontrer le grand patron. À contrecœur, il quitta ses amis grévistes.

L'archevêque le reçut fort bien, et lui précisa qu'il avait une excellente nouvelle pour lui. François fut surpris, il n'en attendait aucune.

Un large sourire éclairant son visage, l'archevêque parla :

– Mon fils, vos qualités pastorales et votre dévouement ayant été remarqués, nous vous nommons, dès demain, curé dans une paroisse.

Quoi ? François était livide. Ce n'était pas une bonne nouvelle. Pas du tout. Il voulait rester avec les ouvriers. Avec leurs problèmes. C'était là sa raison d'être. Il avait compris que son absolu était dans la rue, avec les gens ordinaires, pour lui les seuls qui étaient vrais. Cette année avait été riche en rencontres. Pierrot. Françoise. Francine, les dockers. Tous avaient été à un tournant important de leur vie. Ils avaient vécu cela ensemble, sa vie était là, avec eux. Lui qui rêvait de liberté, à son tour, se sentit piégé. Il s'insurgea :

– Mais, monseigneur, je n'ai rien demandé !

Sans se départir de son sourire, l'archevêque répondit :

– Celui qui ne demande rien aura tout

C'est ça, pensait François. Et cette paroisse, elle était où ? En ville ? Non. C'était une paroisse de quatre cents âmes, à la limite du département. À quelque quatre-vingts kilomètres de Bordeaux.

– Vous serez à la campagne, quelle chance ! Un pasteur au milieu des brebis.

François ne comprenait pas. Ou plutôt si. Les loups se débarrassaient de lui, aidés en cela par Rome. En cette année 1954, les autorités ecclésiastiques souhaitaient voir les prêtres-ouvriers rentrer dans le rang. Ils devenaient trop voyants. Trop abrupts, trop humanistes.

– Avec tout ce que vous faites comme travail, vous n'avez plus le temps pour la prière. C'est regrettable.

Défendre les ouvriers peu considérés valait pour lui toutes les prières. François avait découvert dans l'expérience de son travail son véritable sacerdoce : médiateur. Et voilà qu'on voulait le sortir de sa mission ! Il se doutait des raisons de cette nomination. Sa prise de position sur les quais lui avait été fatale. Elle avait dû parvenir aux oreilles de sa hiérarchie par personnes interposées, et la sanction tombait.

– C'était ça, non ?

– On m'a effectivement raconté. À cette occasion, certes, votre action a été louable, mais nous ne sommes pas là pour forcer la main aux événements.

Forcer la main aux événements ! Les ouvriers n'avaient que ce moyen pour se défendre. Pour éviter d'être traités sans considération. Sans respect. Sans humanisme. Sur ce port, la seule chose qui comptait étaient les sacs de café ou de sucre. Les caisses de liqueurs, de rhum, de vin ou les poteaux de mine. Les quatre mille hommes qui allaient et venaient n'attiraient l'attention de personne. Pour les professionnels, encore, c'était organisé, mais pour les occasionnels qui attendaient l'embauche deux fois par jour et repartaient souvent sans travail, donc sans argent, il fallait réformer tout cela. François voulut insister :

– L'évangile dit pourtant que…

L'archevêque coupa court. On l'attendait. Il avait d'autres rendez-vous. Il le verrait dans sa nouvelle paroisse. François se leva. On l'envoyait dans un désert. Sa voix ne porterait pas bien loin. Sa quête de justice sociale allait être stoppée. Lui qui croyait en l'homme, quelle déception ! Bien sûr, en paroisse, il travaillerait, mais il aurait vite fait le tour des quatre cents âmes. Malgré une sourde révolte, il resta digne et eut la force de dire :

– Mon père, vous enterrez l'homme, mais vous n'enterrerez jamais son esprit.

Il sortit sans baiser l'anneau que lui tendait l'archevêque, le laissant la main soulevée et l'air stupide.

Revenant sur les quais, il ne trouva que Pierrot. Le patron ayant pu se rendre libre plus tôt, il était venu discuter avec les grévistes vers onze heures. Les équipes étaient changées. Une prime de misère leur avait été accordée. Sans lui, les autres n'avaient pas pesé lourd devant la détermination de la direction. François comprit la manœuvre. Il en fut très malheureux. Ils marchèrent tous les deux longtemps dans les rues. Dans ces rues où ils s'étaient rencontrés. Dans ces rues ou une partie de leur vie s'était passée. Ils allaient quitter ce décor. Pierrot était satisfait. François était très malheureux. L'un entrevoyait son bonheur, l'autre voyait surgir les difficultés. En d'autres temps, François avait su quoi dire à Pierrot, Pierrot ne sut que dire à François.

Le matin de son départ, ému, il serra Pierrot et Françoise dans ses bras. C'était à son tour maintenant de trouver son chemin. Leurs parcours se croiseraient peut-être encore. En tout cas, ils le souhaitaient.

Sur la route le menant vers sa nouvelle paroisse, François se dit qu'un jour la vérité de l'homme finirait bien par arriver. Que sa faim et sa soif de justice seraient un jour rassasiées. Sur cette terre aussi.

Chapitre 22

Le village, à l'occasion des batteries, avait retrouvé toute son unité. Ariste avait même invité Robic. Le facteur, tout doucement, s'était fait à la situation et à la vie du village. Petit à petit, il avait laissé tomber le règlement. Pas grand monde n'avait installé les boîtes à lettres qu'il réclamait, alors, par la force des choses, il entrait dans les cuisines pour y déposer le courrier. Du coup, cette démarche l'avait rendu plus convivial, encore plus serviable. On avait vite vu que le vin blanc lui déliait la langue, le rendait plus causant. Robic avait le vin gai, ça prouvait, dans le fond, qu'il était brave. De causant, il devint sympathique. Par contre, le jour des batteries chez Ariste, il ne fut pas convivial longtemps, car, vers les trois heures de l'après-midi, il dormait au bout de la table, assommé par l'excès de listrac. Le soir, après un semblant « d'éclaircie », il retomba lourdement, à cause de Fernand affirmant que la pire des morts était la mort par la soif, et qu'en conséquence, il souhaitait longue vie au facteur.

Cette nuit-là, les chiens d'Ariste eurent un compagnon de chambre aux rêves agités, remplis de boîtes à lettres.

Un seul manquait chez Ariste : Bébert. On le voyait rarement. Les prédictions d'Ariste s'étaient révélées exactes : il se lavait moins et buvait davantage. Simon essayait de le tempérer, sans toutefois y parvenir.

Au mois d'août, la fête de l'étang se réinstalla avec ses habitudes. C'était un anniversaire pour Pierrot et Francine. Il y a un an, sous l'orage, ils avaient découvert leur amour.

La situation, malgré l'héritage en cours, ne s'arrangeait pas pour autant. Ils se rencontraient toujours en cachette, Rosie ne voulait rien entendre. Elle cherchait toujours une solution pour détourner sa fille de Pierrot. Depuis quelque temps, les Meyre allaient souvent au village voisin de Carcans. Tout y avait commencé le jour de la Saint-Jean, où ils avaient rendu visite à leurs cousins, cousinage d'ailleurs se perdant dans la nuit des temps ; ils se fréquentaient toujours. Le fils, proche de la trentaine, était veuf depuis deux ans et Rosie imagina la suite à donner à ce veuvage. Comme à son habitude, elle n'en parla pas, mais les fréquentations, de régulières, se firent assidues. Francine comprit aussitôt le jeu de sa mère. Sa majorité lui parut lointaine. Il lui faudrait encore beaucoup de patience. Chez les Meyre, donc, on ne parlait pas de mariage. C'était un sujet tabou. Cet anniversaire serait donc discret.

Le jour de la fête, Albert, Rosie et Francine, comme tous les ans, prirent la route de la maison du cousin Jean. En début d'après-midi, toujours par le même sentier en forêt, ils se rendirent à la fête. Comme tous les ans, les jeunes étaient prêts pour la traditionnelle course aux canards, dans les eaux du port. La foule s'apprêtait à applaudir les champions. Après la course, il y aurait, nouveau cette année, une compétition de joutes.

En arrivant, le cousin Jean et ses invités remarquèrent une certaine agitation. Sur l'herbe des rives, Bébert, complètement saoul, hurlait face à Pierrot.

– T'es qu'un salaud. Un bon à rien. Un voleur.

– Calme-toi Bébert, disait Pierrot, sinon, je vais perdre patience.

Depuis une bonne demi-heure, Bébert agressait Pierrot le traitant de voleur de fiancée. Ce falsificateur de signature. Cet ennemi de la forêt. Qu'est-ce que Bébert avait de moins que lui ? Il ne courait pas les filles lui, il était sérieux. Alors pourquoi ?

Pierrot n'en voulait pas à Bébert, mais à Rosie. Les dégâts s'effaceraient sûrement, lentement, très lentement.

Pierrot ne souhaitait pas l'affrontement. II ne répondit pas aux attaques de Bébert, et fut ravi lorsque les organisateurs sifflèrent le départ de la course.

Il se jeta à l'eau avec Claude, le champion, René et quelques autres, et laissa Bébert vociférer sur la rive. Au premier canard, tous les concurrents plongèrent sous l'eau, remontèrent, replongèrent. C'était un canard coriace. Il se jouait de tous avec une facilité déconcertante. De la berge, les encouragements pleuvaient. Bébert continuait de vociférer, et traitait les plongeurs d'incapables, de bons à rien. Quelqu'un dans le public lui lança :

– Bon à rien toi-même, vas-y si t'es un homme.

– Ça risque pas, dit un autre, vous savez bien qu'il a peur de l'eau.

L'hilarité gagna tout les spectateurs. Bébert regarda les moqueurs.

– Ah oui ?

Et à la surprise générale, il plongea tout habillé pour montrer ses capacités.

L'éclat de rire se transforma vite en cri d'effroi, lorsqu'on vit Bébert remonter avec difficulté. Il semblait chercher son souffle. Il disparut à nouveau et ne remonta pas. Les concurrents, alertés par les cris, nagèrent vers lui, mais à cet endroit le fond était au moins à quatre mètres. Il fallut un bon moment pour trouver et remonter le corps. Malgré les secours et toutes les tentatives de réanimation, Simon, en fin d'après-midi, vit le maire arriver avec un triste cortège : son fils était mort.

La consternation fut totale. La fête s'arrêta aussitôt. Les Meyre étaient effondrés. Francine, en sanglots, se blottit dans les bras de Pierrot.

Sans vraiment s'en rendre compte, ils se retrouvèrent tous les quatre dans la voiture d'Albert. Un silence pesant s'était installé. Une fois arrivée, Francine affirma que c'était de sa faute. Pierrot, doucement, essaya de la persuader du contraire. Elle n'y était pour rien. Bébert était saoul. Un jour ou l'autre, il lui serait arrivé un accident. Sur la route. Au travail. N'importe où. Non, elle n'y était pour rien.

Rosie avait le visage décomposé, le regard fixe. Elle réalisait l'horreur de la situation. Son orgueil laissait place à la triste réalité. Les remords pesaient sur elle. D'une voix vieillie, fatiguée, elle dit :

– Francine, tu n'y es pour rien. Vous le savez tous.

Après un instant de silence, elle ajouta :

– Quand tout ça sera un peu loin, vous pourrez vous marier. Nous donnerons notre autorisation.

J'espère que vous ne m'en voudrez pas trop. Pauvre Bébert !

– Maman, tu n'es pas la seule responsable.

– Si, toi, tu n'as rien fait. Tu as seulement voulu sauver ton amour. C'est moi. Ce n'est que moi.

Francine savait bien qu'elle avait une part de responsabilité. Elle savait ce qu'elle avait fait. Sans ce feu, les choses se seraient passées autrement. Sa mère donnait son autorisation, à cause de la mort de Bébert. Le prix du oui était trop cher. Elle eut besoin de libérer sa conscience. Après quelques hésitations, elle eut la force de dire :

– Le soir de l'incendie, quand j'ai entendu papa dire aux autres votre intention de m'envoyer chez les sœurs. Si ça se faisait, je perdais Pierre. Nous nous aimions, mais parfois la séparation n'arrange rien. Ces hectares de Bébert étaient importants pour vous, je me suis dit que s'ils n'existaient pas ce serait plus simple. Et chez lui, aucun hectare n'avait brûlé ; alors, une idée affreuse m'a traversé l'esprit. Elle s'est imposée à moi petit à petit. Malgré le dégoût que j'éprouvais pour moi-même, j'ai rallumé le feu chez Bébert. Sa propriété a brûlé, et il n'a plus compté pour vous. Si je ne l'avais pas fait, il serait sûrement encore en vie. Il ne méritait pas cette fin.

De grosses larmes coulaient sur les joues d'Albert. Il prit les mains de sa fille avec tendresse :

– Ce soir-là, Francine, après cette discussion, j'ai tourné le dos aux autres, et je t'ai vue partir à la course vers la forêt. J'ai compris que tu nous avais entendus. Devant ta fuite, les images de la cabane où le vieux Bérard t'avait trouvée sont remontées en moi. J'ai eu très peur. Peur que tu recommences. Je ne voulais pas te perdre. Je t'ai suivie, et je t'ai vue rallumer le feu. J'ai alors vraiment compris à quel point tu aimais Pierrot, et ce que tu étais capable de faire pour le garder et rejeter définitivement Bébert. Tu étais capable d'allumer un feu, ce feu que nous craignons tous. Seulement, tu l'as mal allumé, il s'est éteint peu après ton départ. Alors, j'ai sauté le fossé, et je l'ai rallumé. Celui-là, il a bien pris et a brûlé les pins de Simon. Tu n'es pas coupable, Francine. Moi, si.

Francine prit son père dans ses bras et le serra très fort. Rosie avait le regard vide, tandis que Pierrot mesurait tout l'amour que Francine lui portait.

Que fallait-il faire maintenant, ne rien dire ? Albert ne pouvait plus. Il se sentait trop coupable. Il irait voir Simon. Lui raconterait tout. S'il portait plainte, il assumerait. Il payerait les dégâts. La prison ne lui faisait pas peur. Même devant l'horreur de son geste, il ne regrettait pas le bonheur de sa fille. C'était l'essentiel à ses yeux.

Les obsèques de Bébert rassemblèrent toute la commune. L'abbé Durieux eut beau dire que les desseins de Dieu étaient impénétrables, il n'empêcha pas les langues de se délier pour dire tout le mal qu'elles pensaient de Rosie. On lui attribua très vite la fin tragique du pauvre garçon.

Le lendemain des obsèques, Albert alla chez Simon. Il était assis au bout de la table, silencieux, à côté de la place vide de Bébert. Le nez dans son assiette, il n'arrivait pas à manger. Paulette était restée avec lui, elle les laissa seuls.

– Simon, je ne sais pas comment te dire.

Avec une voix triste, lourde, caverneuse, Simon répondit :

– Alors ne dis rien Albert, ne dis rien.

– Tu as le droit de nous en vouloir Simon.

– Je n'en veux à personne, Albert. Dès le début, je l'avais dis à Bébert, ça ne marcherait pas. Ce n'était pas possible. Elle ne l'aimait pas pour en faire son mari.

Là-dessus, on était d'accord. Mais ce n'était pas l'essentiel.

– J'ai quelque chose à t'avouer Simon, et ce n'est pas facile à dire.

– Au point où j'en suis, parle Albert.

Albert expliqua tout. Francine qui fuit parce qu'elle a entendu la conversation la menaçant.

Lui-même, inquiet, qui la suit. Francine rallumant mal le feu. Lui, Albert, comprenant tout à coup l'amour de sa fille et sa détresse, voyant le feu s'éteindre le rallume. Il demande pardon à Simon. Il est abasourdi, il ne comprend pas. Fallait-il un acte pareil pour empêcher les choses ? L'entêtement de Rosie était meurtrier. C'était elle la coupable, et elle ne payerait pas, parce qu'elle n'avait rien commis de grave en soi.

– Si je porte plainte Albert, tu feras de la prison alors que c'est Rosie la coupable. Tu comprends cela ?

Albert baissait la tête, ne disait rien. Le silence était pesant. Enfin, Simon ne porterait pas plainte. La cupidité avait fait perdre la tête aux Meyre. Les remords les suivraient longtemps. Ça serait leur seule punition.

– Ta fille aurait pu mourir aussi Albert, c'est mon fils. Maintenant, Francine devrait vivre et être heureuse. Dis-lui que je ne lui en veux pas. De toute façon, Bébert est mort accidentellement. Personne n'y pouvait quelque chose. Tant qu'à moi, je vais vivre avec ma peine. Je suis vieux, il me reste assez de propriété pour manger à ma faim, et comme je n'ai plus très faim. Je ne dirai à personne ce que tu es venu me dire Albert. Tu as eu le courage de le faire, c'est bien. Mais je t'en prie, ta femme et toi, ne remettez jamais les pieds dans cette maison.

Écrasé par le chagrin, Albert prit le chemin du retour. Il se retourna au bout de la route pour regarder la maison de Simon. Il le vit dehors, s'appuyant sur une canne, fermant les volets de la chambre de Bébert.

Le lendemain, Francine se rendit chez Simon.

– Sois rassurée Francine, je ne t'en veux pas. Je te souhaite beaucoup de bonheur avec Pierrot. Tu as eu raison d'insister, Bébert ne t'aurait pas rendu heureuse. Il n'était pas fait pour toi. Il n'était pas non plus comme je l'aurais souhaité, mais c'était mon fils. Il va me manquer.

Simon embrassa Francine. Elle partit vers son avenir.

Épilogue

Quelque temps plus tard, le mariage de Pierrot et Francine fut célébré dans l'intimité. L'abbé Durieux laissa à François le soin de les marier. Ariste fut le témoin de Pierrot, et Françoise, en habit de novice, témoin de Francine.

Après la cérémonie, les mariés s'éclipsèrent jusqu'au cimetière, déposer des fleurs sur la tombe de Bébert.

Un matin du printemps suivant, Marie courait dans tous les sens, tandis qu'Ariste essayait de la calmer. Lorsqu'elle entendit des cris, elle se précipita vers la chambre où accouchait Francine.

– Alors ? dit-elle inquiète ?

– C'est un garçon Marie, c'est un garçon.

Marie, en pleurant, prit dans ses bras l'enfant que lui tendait Pierrot.

– Comment vous l'appelez ? demanda-t-elle.

– Jean-Marie, répondit Francine en souriant.

À ce nom, Ariste laissa glisser sur ses joues ridées une larme. Jean-Marie, son espoir d'autrefois, allait faire revivre sa maison. Les batteries à venir seraient excellentes.

La résine de cette année allait panser les plaies des pins de la discorde.